Geschichten, nichts als Geschichten II ...

von Ingo Schindera

Ingo Schindera,
Opa von 10+1,
ehemaliger Hautarzt in
Völklingen/Saar Erzähler
und Autor von Gedich-
ten und Liedern.
2014 gewinnt er mit seiner
Geschichte „Kirschen für
Afrika / des cerises pour
l'Afrique" am Institut
Francais in Saarbrücken
den 1. Preis in der Seni-
orenklasse. In dieser Klasse waren keine Muttersprachler
zugelassen.

2016 erfolgte zusammen mit dem lothringischen Liedermacher und Gitarristen Noel Walterthum die Veröffentlichung
eines Albums von bilingualen Kinderchansons, die Idee
und die deutschen Texte stammen von ihm.

2021 erschien der erste Band von „Geschichten, nichts als
Geschichten …".

2022 verfasst er den Text zu dem Friedenslied **„Ich will
den Frieden finden".** Melodie: Noel Walterthum

2022 Einrichtung des Youtube-Kanals: Ingo Opa von 10+1.

2023 gibt er ein Heft mit eigenen Weihnachtsgeschichten
heraus.

Geschichten, nichts als Geschichten II ...

von Ingo Schindera

Oh Herr, bewahre mich vor der Aufzählung endloser Einzelheiten und verleihe mir Schwingen, um zur Pointe zu kommen.

Theresa von Aquila

Bibliografische Information der Deutschen Nationalbibliothek: Die Deutsche Nationalbibliothek verzeichnet diese Publikation in der Deutschen Nationalbibliografie; detaillierte bibliografische Daten sind im Internet über dnb.dnb.de abrufbar.

1. Auflage, 2024
© 2024 Ingo Schindera
Verlag: BoD · Books on Demand GmbH, In de Tarpen 42, 22848 Norderstedt
Druck: Libri Plureos GmbH, Friedensallee 273, 22763 Hamburg
ISBN: 978-3-7693-0288-2
Umschlag- und Buchblockgestaltung: Isabell Valentin
www.isabellvalentin.de

Erinnern Sie sich noch an die quälenden Fragen Ihres Deutschlehrers:

„Was will der Autor mit der Geschichte sagen?"

Für meine Geschichten lautet die Antwort: „Nichts , Nothing!"

Lesen Sie meine Geschichten. Denken Sie aber daran, Sie müssen keine Rezession über die Geschichte in der Zeitung schreiben. Und Sie brauchen auch kein Statement in einer literarischen Talk-Show abgeben. Lesen Sie einfach meine Geschichten und lassen Sie ihren Gedanken freien Lauf.

Viel Vergnügen beim Lesen wünscht Ihnen
Ingo Schindera
Opa von 10+1

Inhalt

Bahnwärters versorgte uns mit heißem Tee und Butterbroten und wir konnten uns hier etwas ausruhen. Sie brachten uns zum Hauptbahnhof Halle. Von dort reisten wir dann weiter zu einer Familie Bauch nach Greiz in Thüringen. Der Sohn der Familie Bauch lag in Vatis Lazarett, der ihm wegen einer stark eiternden Schussverletzung und drohender Blutvergiftung den rechten Unterschenkel amputieren musste. Er war damals 21 Jahre alt. Herr und Frau Bauch waren schon ein älteres Ehepaar, das durch unseren Überfall überrascht und natürlich überfordert waren. Was waren das für gute Menschen, die eine 7-köpfige Familie aufnahmen und versorgten, dabei hatten sie selbst so wenig zum Leben. Ich musste mit Hilde in einem eiskalten Zimmer das Bett teilen, während meine vier Geschwister im Ehebett bei Mutti schliefen. In Greiz bekamen wir zum ersten Mal mit, was es hieß, bei Fliegeralarm in den Keller gehen zu müssen. Mutti meinte nur: „Ein Kartoffelkeller bietet doch keinen Schutz, der wird doch eher zur Falle."

Vati war mit seinem Lazarett in Dresden Blase-witz einquartiert worden. Wir hatten gute Nach-richt von ihm bekommen und wir wollten ihn am 14. Februar 1945 in Dresden besuchen. In der Nacht des 13. Februars wurden wir unsanft wegen Fliegeralarm aus den Betten geholt. Mutti achtete auf das entfernte Donnern und beschloss nicht in den Keller zu gehen, sondern vielmehr mit meinen beiden Brüdern und mit mir ins Freie zu gehen. Wir erlebten mit vielen anderen Men-schen ein beängstigendes Spektakel. Ein Spekta-kel, dass an ein riesiges Neujahrsfeuerwerk erin-nerte. Der Himmel war taghell erleuchtet und es fielen Hunderte von sogenannten Christbäumen vom Himmel. Diese Christbäume sind Stanniol-streifen, die den Flugzeugen den Weg weisen, wo sie ihre todbringende Bombenlast absetzen sollen. Laut Mundpropaganda wurde Chemnitz bombar-diert, denn hier befand sich kriegswichtige Industrie. An Dresden hatte niemand gedacht, weil nur Flüchtlinge aus dem Osten und Verwundete in der Stadt waren, und es gab keine kriegswichtige

Industrie. Wegen der strengen Nachrichtensperre erfuhren wir nicht, dass Dresden das Ziel der vielen Flugzeuge war, sie haben die Perle Sachsens in Schutt und Asche gebombt.

Mutti, meine beiden Brüder und ich fuhren nichts ahnend, wie mit Vati abgemacht war, nach Dresden … in die Hölle. Die Fahrt endete in Freiberg kurz vor Dresden. Alle Reisenden mussten den Zug verlassen. Auf den Straßen kamen uns geschockte Menschen entgegen, sie waren dem Inferno entflohen. Wir mussten zu Fuß weitergehen und schlossen uns versprengten Soldaten an, die den Marsch in die total zerbombte Stadt wagten, alleine wäre für uns dieses Wagnis zu gefährlich gewesen. Wir schlängelten uns zwischen brennenden Häusern hindurch, überquerten zerstörte Straßen und Reste von Brücken. Allmählich wurde es dunkel und wir hatten unser Ziel noch nicht erreicht. Dazu kam die Ungewissheit, ob Vati den Angriff überlebt hatte. Plötzlich standen wir vor einer zerstörten Halle, aus den Trümmern kam zufällig eine Rotkreuzschwester heraus, die in der ehemaligen Halle arbeitete und die unseren Vati kannte. Er lebte also! Die Schwester führte uns in die Kellerräume zu ihm. Dort sahen wir grauenvolles, viele Verwundete auf Tragen, elternlose, kleine wimmernde Kinder, die nur mit einem Hemdchen bekleidet waren, die auf schmutzigen Matratzen saßen. Zwischen all dem Chaos fanden wir Vati schlafend, aber Gott sei Dank lebend. Als er erwachte und uns vier, so vor sich sah, erschrak er fürchterlich, wähnte er uns doch im sicheren Greiz. Wir wurden gleich in die Küche geschickt und bekamen dort eine warme Suppe. Die Nacht aber mussten wir in dem überfüllten, stinkenden Keller verbringen. Glücklicherweise konnte Vati ein Auto organisieren, mit dem wir am Nachmittag des 15. Februar Dresden verlassen konnten. Mutti musste Vati versprechen, dass sie so bald wie möglich mit uns Kindern nach Wangen im Allgäu zu seinem Bruder fahren würde …

Mutti entschloss sich, zuerst mit uns drei „Älteren" mit der Bahn nach Wangen im Allgäu zu fahren. Mir ist heute noch ein Rätsel, warum sie nicht mit allen fünf Kindern gefahren ist. Nicht auszudenken, wenn uns auf dieser gefahrvollen Reise etwas passiert wäre und Ingo, Nanni und das Pflichtjahrmädel bei den fremden alten Leuten hätten bleiben müssen. Mutti hat dieses Rätsel, warum sie die drei in Greiz gelassen hat, niemals gelöst.

Die Fahrt nach Wangen zog sich hin. Alle Züge waren mit Flüchtlingen aus dem Osten hoffnungslos überfüllt. In Würzburg hatten wir einen, nein es müssen viele Schutzengel gewesen sein, denn beinahe wären wir von einem Großangriff erwischt worden. Unser Zugführer sollte eigentlich mit seinem Zug im Hauptbahnhof von Würzburg anhalten und warten, was für alle Fahrgäste der sichere Tod bedeutet hätte, denn der Bahnhof wurde durch mehrere Zehnzentnersprengbomben zerstört. Der Zugführer widersetzte sich dem Befehl und ließ den Zug aus dem Bahnhof herausziehen. Die Lokomotive stand geschützt unter einer Unterführung. Wir mussten alle aussteigen und in einem nahegelegenen Sportgelände in Deckung gehen. Wir legten uns flach auf die Erde. Ich zitterte und weinte vor Angst. Ein katholischer Feldgeistlicher, der neben mir lag, tröstete mich, nahm sein Cape ab, deckte mich damit zu und meinte: „Jetzt kann dir nichts mehr passieren." Nachdem der Alarm zu Ende war, fuhr der Zug trotzdem nicht weiter. So konnten wir in ein Haus gehen, dort gab uns eine freundliche Frau etwas zu essen und wir durften uns waschen. Mein jüngerer Bruder Frank ließ dort leider seine goldene, sehr wertvolle Taschenuhr, die mein Vater ihm bei Antritt der Flucht geschenkt hatte, liegen. Aber wir hatten alles verloren und so kam es auch nicht mehr darauf an, dass er die Uhr verloren hatte.

Irgendwann mitten in der Nacht landeten wir vier in Wangen im Allgäu. Nach ein paar Ruhetagen ging Mutti das gefährliche Risiko ein, nochmals nach Greiz in Thüringen zu fahren. Es ging ihr gesundheitlich nicht gut, sie hatte eine schwere Bronchitis und trotzdem wagte sie es. Es gelang ihr tatsächlich, meinen Bruder Ingo und mein kleines Schwesterchen Nanni und das Pflichtjahr-Mädchen nach Wangen im Allgäu heimzuholen.

Alles verloren, doch glücklich vereint, waren wir jetzt arme Flüchtlinge!

Der Glaube kann Berge versetzen und Warzen heilen

Ich bekenne: „Ich war ein Scharlatan!"

Mein Vater hatte sich nach dem Krieg als praktischer Arzt und Geburtshelfer im westlichsten Zipfel des Allgäus in Bad Wurzach niedergelassen. Diese Praxis sollte ich nach der Ausbildung zum Allgemeinmediziner einmal übernehmen.

Einen Vorgeschmack auf das, was auf mich zukommen würde, bekam ich, noch bevor ich mein medizinisches Staatsexamen in der Tasche hatte.

Im Juli 1967 verlangte man nach mir, ich erinnere mich deswegen so genau an das Datum, weil ich zu diesem Zeitpunkt mitten im medizinischen Staatsexamen steckte. Auch Ärzte werden krank, so hatte mein Vater eine schmerzhafte Gürtelrose bekommen. Er war so sehr geschwächt, dass er weder Sprechstunde halten noch Hausbesuche machen konnte. Er brauchte unbedingt einen

Vertreter, aber woher einen nehmen? Es war Ferienzeit und zu dieser Zeit einen Vertreter zu finden war unmöglich und so kam ich zu der Ehre ihn vertreten zu dürfen. Ich konnte ihn aus dieser Notsituation retten, weil ich das letzte Prüfungsfach um drei Wochen verschoben hatte.

In den Semesterferien hatte ich schon mehrere Male bei meinem Vater in der Praxis mitgearbeitet. Ich habe Hausbesuche gemacht, Spritzen verabreicht und Verbände angelegt. Zwei Jahre zuvor hatte ich schon als „Famulus" (Praktikant vor dem Staatsexamen) in verschiedenen Kliniken gearbeitet. Sowohl in den Kliniken, wie auch in der Praxis meines Vaters, hatte ich viel gesehen und viel gelernt, es waren besonders praktische Dinge, die ich gelernt hatte. So auch den Umgang mit dem Röntgenapparat. Aber selbstständig hatte ich niemals gearbeitet und ich musste auch keine Verantwortung übernehmen. Bei dieser ersten Vertretung war ich aber nicht ganz allein auf mich gestellt, denn mein Vater hatte sein Krankenlager in einem kleinen Nebenraum der Praxis aufgeschlagen. Der Raum war nur durch eine Schiebetür vom Sprechzimmer getrennt und ich konnte ihn jederzeit fragen, was ich auch ausgiebig getan habe.

Ich erinnere mich noch genau an meinen ersten Patienten, es war ein katholischer Pfarrer, der eine bohnengroße hässliche Warze am linken Daumen hatte. Der Herr Pfarrer war kaum zur Tür hereingekommen, da legte er auch gleich los. „Herr Doktor!" Ich war weder Doktor noch hatte ich mein medizinisches Staatsexamen in der Tasche, aber ich kam gar nicht dazu, ihm das zu erklären. Er: „Ich habe schon alles probiert, um diese scheußliche Warze loszuwerden. Ich war schon bei verschiedenen Ärzten und bei einer Heilpraktikerin, sie haben die Warze nicht weggebracht. Jetzt habe ich gehört, mit Röntgenstrahlen könnte man die Warze wegschaffen. Sie haben doch ein Röntgengerät?" Mein Vater hatte tatsächlich einige Zeit davor ein Röntgengerät angeschafft, mit diesem Gerät konnte man aber nur Röntgenaufnahmen machen. Er setzte das

Gerät bei Knochenbrüchen ein oder zum Ausschluss einer Lungenkrankheit. Mit diesem Gerät konnte man aber keine Bestrahlungen durchführen. Was sollte ich tun? Hilfesuchend wandte ich mich an meinem Vater, der war aber in seinem Kämmerlein eingeschlafen und ich war froh, dass er trotz großer Schmerzen schlief. Also musste ich selbst entscheiden und in diesem Moment erinnerte ich mich, ich hatte in einem Lehrbuch von „Autosuggestion" gelesen, das ist so etwas Ähnliches wie „Einbildung". Autosuggestion wird tatsächlich zur Therapie von Warzen eingesetzt. Außerdem wollte ich den Herrn Pfarrer auch nicht enttäuschen, er war doch mit dem festen Entschluss in die Praxis meines Vaters gekommen, seine Warze mit Röntgenstrahlen behandeln zu lassen. So entschloss ich mich, mit etwas schlechtem Gewissem, die Warze „scheinzubestrahlen". Ich machte also genau alles das, was man bei einer Röntgenaufnahme macht, nur dass ich nicht den Hebel für die Röntgenstrahlen umlegte. Mit sehr ernster Miene begann ich mit der Scheinbestrahlungszeremonie. Ich legte ihm eine schwere Bleischürze um.

Dann verdunkelte ich das Zimmer, fuhr die Kugel (das Röntgengerät) aus der Arretierung heraus, wie man es auch bei einer Röntgenaufnahme der Hand machen würde. Ich schaltete die Beleuchtung am Gerät ein. Es erschien ein leuchtendes Kreuz auf dem linken Handrücken. Zuvor hatte ich die Hand auf eine Stahlkassette gelegt. Normalerweise begann jetzt der eigentliche Vorgang der Röntgenaufnahme. Ich stellte die Uhr auf 25 Sekunden. Ich verließ das Zimmer und vom Nachbarraum aus ertönte mein Kommando: „Einatmen, ausatmen, nicht mehr atmen." Die Uhr lief herunter und nach 25 Sekunden kam das Kommando: „Weiteratmen". Der Herr Pfarrer hat sich brav an die Kommandos gehalten. Er war im Gesicht etwas rot angelaufen, 25 Sekunden nicht zu atmen war für ihn doch eine sehr lange Zeit. Dann bepinselte ich die Warze mit Jod und machte einen mächtigen Handverband, mit der Bemerkung: „Der darf jetzt sieben Tage nicht entfernt werden." Und murmelte: „Sieben ist eine heilige Zahl", und dann entließ ich ihn. Ich hatte mir überlegt, ich werde in meinem Lehrbuch nachlesen, wie man in der Schulmedizin Warzen behandelt …

Der Pfarrer kam nach sieben Tagen wieder. Den zwischenzeitlich stark verschmutzten Verband hatte er in einem Fausthandschuh versteckt. Ich war aufgeregt wie ein Kind vor der Bescherung, aber ich hatte mir schon die passenden Worte zurechtgelegt, denn ich war mir ganz sicher, dass die vorgetäuschte Therapie nicht den gewünschten Effekt zeigen würde. Ich löste den schon leicht muffig riechenden Verband und siehe da, oh Wunder, die Warze war weg. Beinahe hätte ich ein Halleluja angestimmt.

Im Verband Reste der abgefallenen Warze und ein brauner Fleck, der von der Jodtinktur herrührte. Ich machte nun ein Bad mit Kernseife und kratzte mit einem Skalpell vorsichtig die letzten Reste der Warze ab.

Werter Leser, Sie denken vielleicht, ich bin ein Enkel des Herrn von Münchhausen, Sie täuschen sich, denn meine verstorbene Mutter war bei der Abnahme des Verbandes dabei und sie hat überall das Behandlungswunder ihres Sohnes weitererzählt, natürlich ohne Namensnennung. Sie hatte die Geschichte auch meiner jüngsten Schwester Nanni erzählt, sie hatte erst neulich die Geschichte auf einer Geburtstagsfeier zum Besten gegeben. Ich hatte diese Geschichte längst vergessen, doch meine Schwester hat den Vorhang des Vergessens von der Geschichte zurückgezogen.

Ich kannte einen Bankräuber

Auf manches Erbe könnte man gut verzichten, aber oft wird man es nicht mehr los!

Als junger Assistent der Uni-Hautklinik / Homburg / Saar bekam ich von meinem Chef die Aufgabe, die Strafgefangenen der Justizvollzugsanstalt (JVA) zu betreuen. Sie kamen immer zwischen 13 und 14 Uhr in die Ambulanz der Uni-Hautklinik, damit sie ja nicht mit den anderen Patienten in Berührung kommen sollten, deswegen wurde die „JVA" zu diesem Zeitpunkt einbestellt. Wachpersonal und Strafgefangene hatten dann eine 30 Kilometer lange Fahrt hinter sich, denn die Hautärzte aus Saarbrücken hatten auf dieses Klientel gern verzichtet, zumal die Honorierung der ärztlichen Leistungen für Strafgefangene miserabel war. Die Strafgefangenen und das Wachpersonal fühlten sich aber bei mir so gut aufgehoben, sodass sie mir dann in meine eigene Praxis nach Saarbrücken gefolgt sind. Sie waren meine treuesten Patienten, sie folgten mir sogar auch in eine neue Praxis, die ich nach zehn Jahren in eine andere Stadt verlegt hatte, und sie blieben bis zum letzten Tag meiner Tätigkeit meine Patienten …

So ändern sich die Zeiten. Bankgeschäfte werden heute „online" abgewickelt. Beim Abheben von Geld wird man nicht mehr von einer liebenswürdigen Angestellten bedient, sondern im Vorraum der Bank steht ein Automat, der stumm die angeforderte Summe ausspuckt. Einst waren Banküberfälle keine Seltenheit. Die Nachrichten waren die Appetithäppchen der Tageszeitungen. Heute laufen Banküberfälle eher eintönig ab: Sprengung des Automaten, Bilder der Überwachungskameras mit Männern zwischen 20 und 30, schwarzes Outfit und ein auf Nimmerwiedersehen in einem Auto mit gefälschtem französischem Nummernschild. Die präzisen Anleitungen für solche frühmorgendlichen Exkursionen kann man im Internet herunterladen. „Kostenlos!"

Als ich noch als Hautarzt in Amt und Würden war, durfte ich öfter in meiner Praxis mit

„schweren Jungs" Bekanntschaft machen. Sie kamen zahm als „Patienten" zu mir, aber nicht von zu Hause, sondern aus der Haftanstalt. Sie kamen auch nicht mit dem Taxi, sondern in einem hoch geschützten Auto in Begleitung von zwei Wachmännern. Die Strafgefangenen wurden in Handschellen, besonders schwere Jungs aber in Hand- und Fußfesseln vorgeführt. Damit sie aber nicht von den übrigen Patienten gesehen werden, kamen diese „besonderen Privatpatienten" durch den Seiteneingang in meine Praxis. Sie wurden samt Wachpersonal von meinen Angestellten in Empfang genommen und dann möglichst unauffällig ins Chefzimmer geschleust. Denn meine Kolleginnen und Kollegen von der Gilde der Hautärzte hatten es abgelehnt, Strafgefangene zu behandeln, vor allem bei einer Honorierung, die bei dem betriebenen Aufwand jeder Beschreibung spottet.

So kam auch dieser „Privatpatient", dem die Krankheit ins Gesicht geschrieben stand, zu mir in Behandlung. Schon von weitem konnte man erkennen, was ihm fehlte. Er hatte ein Angiooedem (so der medizinische Fachausdruck). Die Augen waren verschwollen, wie die von einem Boxer nach einem Boxkampf. Die Lippen waren dick wie Weißwürste und auch am ganzen Körper hatte die Nesselsucht ganze Arbeit geleistet. Quaddeln so weit das Auge reichte. Die gleichen Quaddeln treten auch auf, wenn man mit Brennnesseln in Berührung kommt, deswegen bezeichnet man diese Krankheit im Deutschen auch als Nesselsucht. Das Unangenehme an dieser Krankheit ist der höllische Juckreiz. Die Krankheit kann viele Ursachen haben, und als Hautarzt muss man mit kriminalistischem Spürsinn dem Auslöser auf die Spur kommen. Aber alle Patienten mit einer Nesselsucht kamen mit derselben Bitte an: „Herr Doktor, bitte helfen Sie mir, dieser Juckreiz ist nicht zum Aushalten!" Auch dieser „besondere" Patient kam mit dieser dringenden Bitte zu mir. Einer der Wachmänner löste ihm die Fesseln an den Händen und setze sich auf einen Stuhl im Hintergrund. Ich befragte also den Patienten genau und untersuchte ihn sorgfältig. Die Befragung und die anschließende Untersuchung ohne verwertbares Ergebnis. Eine Ursache für die Nesselsucht konnte ich nicht finden. Ich verabreichte ihm eine Spritze und verschrieb ihm Juckreiz stillende Tabletten. Schon beim Verlassen der Praxis war mir klar, diesen Patienten siehst du bald wieder.

Einige Tage später waren sie wieder da, die Wachmänner und der Strafgefangene mit den Quaddeln. Nachdem ich die meisten Ursachen ausgeschlossen hatte und die Blutuntersuchungen mich nicht weitergebracht hatten, hatte ich das Gefühl, es müsse noch etwas anderes dahinterstecken. Ich spürte, er wollte etwas loswerden, und vielleicht lag die Ursache für die Krankheit auf der seelischen Ebene?

Und im selben Moment sagte er auch schon: „Ich muss Ihnen etwas erzählen." Da keine Fluchtgefahr bestand, ließen uns die Wachmänner allein. Sie tranken in der Zwischenzeit Kaffee in unserem Gemeinschaftsraum.

Der Strafgefangene begann mit seiner Geschichte. „Ich sitze nun seit drei Jahren im Kittchen. Bald habe ich meine Strafe abgesessen. Sicher wird mir wegen guter Führung ein halbes Jahr der Strafe erlassen. Aber was mache ich dann? Wer gibt einem Bankräuber Arbeit?" Und so erfuhr ich zum ersten Mal, warum er im Gefängnis saß. Ja, ich habe vor drei Jahren eine Bank ausgeraubt. Schulden hatte ich. Ich hatte eine Stereoanlage gekauft, eine teure Wohnung gemietet und ein teures Auto geleast. Und dann wurde ich plötzlich arbeitslos. In meiner Kasse war Ebbe angesagt. Die Schulden stiegen und stiegen. Was sollte ich tun? Wie komme ich am schnellsten zu Geld? Und da kam mir die schlechteste Idee meines Lebens. Ich plante einen Bankraub.

Im Army-Shop kaufte ich eine „echt" aussehende Schreckschusspistole, machte aus einem Damenstrumpf eine Gesichtsmaske und dazu zog ich meinen alten Anorak an, einer mit Kapuze, Trainingshose und Turnschuhen. Fertig war der

Bankräuber. Eine für den Überfall geeignete Bank war bald gefunden.

An einem Freitagmorgen, in der Bank war noch nicht allzu viel Betrieb, stürmte ich mit vorgehaltener Pistole in die Bank und schrie ganz laut: „Überfall! Verhalten Sie sich ruhig dann geschieht Ihnen nichts!" Der Bankangestellten drückte ich eine Plastiktüte in die Hand. „Geld her und kein Alarm!" Dabei fuchtelte ich mit der Pistole umher. Die verängstigte Angestellte gehorchte. Und während die Angestellte das Geld in die Plastiktüte steckte, hielt mir ein altes Mütterchen, das ich im Eifer nicht bemerkt hatte, ihren Geldbeutel mit zittrigen Händen entgegen und rief mit belegter Stimme: „Herr Bankräuber, nehmen Sie mein Geld!"

„Ich brauch' dein Geld nicht, Mütterchen. Behalte es."

Kaum hatte ich die Plastiktüte mit dem geraubten Geld in der Hand, da zog ich aus der Tüte einen 100 Markschein, der Überfall war noch vor Einführung des Euro und steckte ihn dem Mütterchen in ihren Geldbeutel. Sie war so überrascht, dass sie ohnmächtig wurde.

Ich stürmte aus der Bank. Entledigte mich sofort meiner Gesichtsmaske und zog in einer nahegelegenen Toilette Anorak und Trainingshose aus und den blauen Anton an. Die Beute in der Plastiktasche deckte ich mit einer Zeitung zu. Maske und die anderen Sachen warf ich in einen Altkleider-Container. An einer Haltestelle stieg ich in einen Bus und fuhr nach Hause. Während der Busfahrt sah ich schon von weitem in einer Straßeneinbuchtung ein Polizeiauto mit eingeschaltetem Blaulicht. Der Bus wurde von der Polizei gestoppt. Mir war natürlich sofort klar, wen sie suchten. Noch bevor die Polizisten den Bus betreten hatten, gab ich meiner Nachbarin, einer älteren Frau, die Plastiktüte mit dem Geld. „Ach könnten Sie bitte die Tüte kurz halten. Mir ist mein Haustürschlüssel aus der Hosentasche gefallen, ich muss ihn suchen."

Zwei Polizisten stürmten in den Bus, der eine ging durch den Mittelgang, der andere blieb bei dem Fahrer stehen. Kurz bevor der Polizist vor mir stand, war ich wieder hochgekommen und fragte ganz scheinheilig den Polizisten: „Was ist denn los?"

„Wir suchen einen Bankräuber", war die knappe Antwort. Die Polizisten fanden nichts, auch keinen Bankräuber. Sie stiegen unverrichteter Dinge aus und wünschten noch eine gute Fahrt.

„Danke", sagte ich zu meiner Nachbarin und nahm meine Plastiktüte wieder in Empfang.

Zu Hause angekommen, zählte ich zuerst das geraubte Geld. Es waren über 20.000 Mark. Jetzt war ich endlich reich. Was kann ich mit dem vielen Geld alles machen? Vor allem Schulden abzahlen. Zunächst hatte ich aber nur Hunger und Durst. Heute wollte ich einmal in einem vornehmen Lokal richtig gut essen. Am Restaurant angekommen, bezahlte ich das Taxi und gab dem Fahrer noch ein sattes Trinkgeld.

Um die Mittagszeit war das Lokal gut besucht. Es waren nur wenige Plätze frei und noch bevor ich mich an einen freien Platz setzen konnte, eilte ein

Kellner auf mich zu und fragte: „Haben Sie reserviert?" Ich verneinte.

„Sind Sie allein oder kommen noch mehr Personen?"

„Ich bin allein!"

Der Kellner geleitete mich an ein kleines noch freies Tischchen. Nach kurzer Zeit stand er wieder vor mir mit einer in Leder gebundenen Speisekarte.

„Wünschen der Herr ein Aperitif?"

„Wir empfehlen heute einen trockenen Champagner mit Pfirsichmus."

Ich bestellte ein Bier und nur zum Schein schaute ich in die Speisekarte. Ich wollte ein Schnitzel mit Pommes haben, doch das gab es in dem vornehmen Restaurant nicht. Also bestellte ich einfach das Menü I.

„Zu Menü I", würde ein Riesling von der Saar passen, er hatte den Satz noch nicht beendet, da hatte ich ihm schon mit. „Ich bleib' beim Bier!", geantwortet.

Die einzelnen Gänge zogen sich hin. Die Portionen waren klein, doch alles schmeckte sehr gut. Als Nachspeise gab es Eis. Ich hatte das Eis noch nicht ganz gegessen, da fragte der Kellner: „Wünschen der Herr noch einen Kaffee, einen Espresso oder einen Cappuccino?"

Ich verneinte, „aber bringen Sie mir die Rechnung."

Der Kellner brachte die Rechnung auf einem kleinen silbernen Tablett. Ich warf nur einen kurzen Blick auf die Rechnung, mich interessierte der Preis überhaupt nicht. Ich bezahlte mit einem Hundertmarkschein. Der Kellner verschwand für kurze Zeit, dann brachte er den Rest des Geldes zurück, ein Zwanzig-, zwei Zehnmarkscheine und ein 5 Markstück. „Der Rest ist für Sie, machen Sie sich einen schönen Tag!"

Der Kellner staunte, denn er hatte ein so großzügiges Trinkgeld von „so einem Gast" nicht erwartet.

„Ach, können Sie mir bitte ein Taxi bestellen."

Und während der Kellner zum Telefon ging und dabei über das „ungewöhnlich hohe Trinkgeld" nachdachte, da fiel es ihm plötzlich ein, was er in den 11 Uhr Nachrichten gehört hatte. Überfall in einer Volksbankfiliale! Der Täter sei sehr groß, von kräftiger Statur, er würde Dialekt sprechen und er hätte blondes Haar. Der Kellner überlegte. Die Personenbeschreibung passte genau auf den Gast, der ihm das ungewöhnlich hohe Trinkgeld gegeben hat. Nun hieß es schnell handeln. Nicht die Taxizentrale anrufen, nein, die Polizei.

„Hallo! Hier spricht der Oberkellner Franz, der Bonne Auberge, wir haben hier einen Gast, auf den die Personenbeschreibung des Bankräubers der Volksbank passt."

Die Polizei am anderen Ende: „Verhalten sie sich unauffällig und halten Sie den Gast etwas hin, wir sind gleich bei Ihnen."

„Ach bitte, wir sind ein Speiserestaurant, seien sie doch so diskret wie möglich."

Kurze Zeit später: „Ihr Taxi ist da!", rief mir der Ober zu …

Ich verließ das Lokal. Da stand aber kein Taxi, sondern zwei Polizeiautos mit sechs Beamten.

Ein Fluchtversuch wäre zwecklos gewesen. Ich wurde etwas unsanft in eines der Polizeiautos hineinbugsiert und ab ging's auf die Polizeiwache. Am Abend saß ich schon in einer Zelle der JVA (Justizvollzugsanstalt) …

Der Prozess wurde mir gemacht. Da sah ich sie alle wieder, die Bankangestellten, das alte Mütterchen, den Taxifahrer und den Kellner, dem ich dummerweise ein viel zu großes Trinkgeld gegeben hatte. Zwar hatte das alte Mütterchen, der ich im Vorbeigehen einen Geldschein in ihren Geldbeutel gesteckt hatte, gut für mich ausgesagt, das änderte aber nichts an der Tatsache, dass ich einen schweren Raubüberfall begangen hatte. Dafür wurde ich zu vier Jahren Gefängnis verurteilt.

„Ich sitze nun seit drei Jahren. Da ich mich immer gut geführt habe, wird mir sicherlich einige Zeit erlassen. Einen Antrag habe ich bereits gestellt. Ich habe aber Angst, was wird aus mir werden, wenn ich wieder in Freiheit bin? Was bringt die Zukunft? Ich grüble Tag und Nacht.

Diese Ungewissheit macht mir Angst. Angst habe ich auch, dass ich meine Gesellenprüfung nicht bestehe werde. Ich habe während meiner Haft eine Lehre als Automechaniker gemacht, ich werde bald die Gesellenprüfung ablegen und ich habe Angst, dass ich durchfallen werde."

War die Angst die Ursache für die Nesselsucht? Außer der Angst musste die Nesselsucht noch eine andere Ursache haben. Ich untersuchte den Patienten erneut sehr gründlich. Und das musste ich bei meiner ersten Untersuchung übersehen haben, zwei faule Backenzähne, die mir sofort entgegensprangen. Die Zähne mussten unbedingt saniert werden, denn sie konnten eine Mitursache für die Nesselsucht sein. Aber dieser große und starke Mann hatte Angst vor dem Zahnarzt. Mein Rat war, die Zähne sanieren, und dann machen Sie ihre Gesellenprüfung. Ich habe gehört, dass Sie bestens auf die Prüfung vorbereitet sind und dass Sie keine Angst vor der Prüfung haben müssen. Sind die Zähne erst einmal in Ordnung und die Prüfung geschafft, dann werden die Quaddeln wahrscheinlich von allein verschwinden.

Lange Zeit hörte ich nichts mehr von dem ehemaligen Bankräuber. Und da stand er plötzlich vor mir. Er sollte noch nach dem Verschwinden der Quaddeln getestet werden. Die Testung war negativ. „Bald bin ich frei und dann mache ich den Lastwagenführerschein!"

Ich hatte diesen besonderen Patienten schon vergessen. Doch eines Tages hörte ich ein lautes Hupen vom Praxisparkplatz her. Ich schaute aus dem Sprechzimmerfenster. Da parkte direkt vor der Praxis ein riesiger Lastwagen, aus dem Führerhaus sprang ein großer starker Mann heraus. Es war der Bankräuber, der mit der Nesselsucht. Er hatte es also geschafft. Und mit einem lauten Hupen fuhr er davon, auf Nimmerwiedersehen.

Rumpelstilzchen

„Hier sind die Haustürschlüssel! Zum Essen und zum Trinken findest du wie immer etwas im Kühlschrank. Ein Zettel mit der Telefonnummer unserer Freunde hängt an der Pinnwand. Spätestens um Mitternacht sind wir von der Geburtstagsfeier zurück. Die Kinder sind in ihren Betten und warten schon auf dich."

Mit einem „Tschüss Anna" verabschiedete sich Tina, während Kevin, ihr Mann, schon wartete und ungeduldig mit den Autoschlüsseln klimperte.

Anna, die 21-jährige Sportstudentin, verdiente sich mit Babysitten ihr Taschengeld.

Sie hörte noch das Starten des Motors, da riefen auch schon die Kinder: „Anna, wann kommst du endlich?"

„Du sollst uns doch eine Geschichte vorlesen!" Anna suchte für den Fünfjährigen und die ein Jahr jüngere Schwester eine passende Geschichte. Sie selbst liebte seit ihrer Kindheit die Märchen der Gebrüder Grimm. Heute war Rumpelstilzchen an der Reihe. Und beim: „Heißt du etwa Rumpel-stilzchen?", waren beide Kinder eingeschlafen. Anna ging leise aus dem Zimmer und schloss die Tür und machte es sich dann vor dem Fernseher bequem. Im Fernsehen lief ein Krimi. Wie so oft war es eine Wiederholung. Schon bald war sie eingenickt. Da klingelte das Telefon ...

Anna fuhr hoch. „Telefon? Wo steht denn das blöde Telefon? Ach, da!" Sie drückte noch ganz schlaftrunken auf die blinkende Taste. Am ande-ren Ende, eine krächzende Stimme: „Hier ist das Rumpelstilzchen! Geht es dir gut?" Dann folgte eine Flut von hässlichen Ausdrücken. Anna legte schnell auf. Sie überlegte, was sie tun sollte, und während sie noch überlegte, klingelte das Telefon schon wieder. Vielleicht ist es aber nicht der blöde Anrufer, sondern es sind die Eltern der Kin-der? Sie hatte den Gedanken noch nicht zu Ende gedacht, automatisch drückte sie auf die blin-kende Taste. Schon wieder war es dieser Kerl, und jetzt wurde er ganz konkret: „Ich weiß, wer du bist, ich weiß, wo du wohnst und ich hole dich! Ach wie gut, dass niemand weiß, dass ich Rumpelstilzchen **bin**."

Nun hatte Anna doch Angst ...

Sie überlegte: Freund anrufen! Der ist im Konzert. Die Eltern anrufen! Dann ist deren Abend auch vermiest. Nein, einfach ignorieren. Rollläden runter, Haustür kontrollieren, den Hörer abnehmen und irgendeine Nummer wählen, dann war das Telefon besetzt.

Eigentlich wollte sie gleich nach den Kindern schauen. Doch plötzlich hatte sie großen Durst und obwohl sie selten Alkohol trank, holte sie sich eine Flasche Bier aus dem Kühlschrank und nahm einen großen Schluck aus der Flasche. Das tat gut und beruhigte die Nerven.

Dann fielen ihr wieder die Kinder ein. Irgendwie innerlich angetrieben, stürmte sie die Treppe hoch. Da strömte ihr bereits Gasgeruch entgegen. Kein Licht ... Explosionsgefahr ... Fenster aufreißen. Nachdem sie die Fenster aufgerissen hatte, sah sie die leblos daliegenden Kinder. Nur einen Gedanken hatte sie: **Gasvergiftung!** Notarzt anrufen, Feuerwehr benachrichtigen und natürlich die Eltern! Notarzt und Feuerwehr waren schnell zur Stelle. Und dann die Nummer von der Pinnwand gewählt. Es dauerte, bis am anderen Ende jemand an den Apparat ging. Endlich eine Stimme: „Tina und Kevin sind schon vor einer viertel Stunde aufgebrochen, sie hatten versucht, bei Ihnen anzurufen, um zu erfahren, wie es den Kindern geht. Aber das Telefon war ständig belegt." Für eine Sekunde hellten sich die Gesichtszüge von Anna auf. „Gott sei Dank, dann müssten sie ja bald hier sein", und tatsächlich waren sie in den nächsten Minuten da ...

Dem Notarzt gelang es, beide Kinder wiederzubeleben. Er meinte: „Ohne das beherzte Eingreifen der jungen Dame hätte ich die Kinder nicht mehr zurückholen können." Tina, die Mutter der Kinder, fuhr im Krankenwagen mit in die Kinderklinik. Kevin aber musste den Feuerwehrmännern Rede und Antwort stehen. „Ich habe heute am Spätnachmittag im Kinderzimmer ein Schränkchen aufgehängt. Zuvor habe ich zwei Dübel in die Wand gebohrt und dabei muss ich mit meiner Bohrmaschine die Gasleitung minimal angebohrt haben. Es muss ein kleines Loch gewesen sein, denn bevor wir weggegangen sind, waren wir noch einmal in dem Zimmer und haben meinen Kindern gute Nacht gesagt, da habe ich noch nichts gerochen." ...

Nachdem sich die Aufregung gelegt hatte, fragte Kevin Anna: „Warum war eigentlich die Telefonleitung ständig belegt?"

Nun war Anna an der Reihe, sie berichtete von den ominösen Anrufen des Rumpelstilzchens ...

„Hier sind 20 Euro, du gehst nicht zu Fuß nach Hause. Ich rufe jetzt für dich sofort ein Taxi an." ...

Einige Wochen später las Anna zufällig in der Zeitung, dass ein Stalker, der Telefonterror unter dem Namen „Rumpelstilzchen" betrieben hat, verhaftet worden war.

Die Wiener Säulenuhr

Dies ist die Geschichte einer Wiener Säulenuhr, die im Uhrenmuseum in Köllerbach / Saar ihre letzte Ruhestätte gefunden hat. In der Geschichte kommen ein Holocaust-Überlebender, zwei Nobelpreisträger und ein ehemaliger Hautarzt (eben meine Wenigkeit) vor.

Die Wiener Säulenuhr ist circa 40 Zentimeter hoch. Das Zifferblatt hat einen Durchmesser von 15 Zentimetern und man kann durch eine Öffnung im Zifferblatt in die Uhr hineinschauen. Das Ganze ruht auf zwei Alabaster-Säulen. Ein kleines Wunderwerk der Handwerkskunst des frühen 19. Jahrhunderts. Sie war das Hochzeitsgeschenk der Ehefrau von Paul Ehrlich an ihre Schwester Sarah.

Ja, Sie haben richtig gehört, dieser Paul Ehrlich (geb. 1854 und gest. 1915), der dem Bundesinstitut für Impfstoffe, das zu Corona Zeit eine so wichtige Rolle spielte, seinen Namen gegeben hat.

Paul Ehrlich war ein großer deutscher Mediziner, der 1908 den Nobelpreis für Medizin erhielt. Er ist in Schlesien nahe Breslau (heute pol. Wroclaw) geboren. Er war jüdischen Glaubens. Die Uhr kam 1885, wie bereits erwähnt, als Hochzeitsgeschenk in den Haushalt von Sarah Birkenfeld. Der Sohn der Familie, Hans Birkenfeld (1890-1970), hat die Uhr geerbt. Er hat sie 1959 meinem Vater geschenkt. Keiner meiner vier Geschwister wollte dieses wertvolle Ungetüm erben und so landete es nach dem Tod meines Vaters im Jahr 2002 bei uns im Saarland. Ich habe dieses ungeliebte Stück als Leihgabe 2008 ins Uhrenmuseum / Köllerbach verfrachtet und seit dieser Zeit steht die Wiener-Säulenuhr dort im Museum.

1944, der Krieg war verloren. Die Rote Armee rollte mit Macht auf die deutschen Ost-Grenzen zu. Trotz Krieg versuchte man im Alltag eine gewisse Normalität zu bewahren. Man fuhr in Urlaub, in die „Sommerfrische" ins nahe gelegene Riesengebirge …

Die großen Ferien hatten begonnen, meine Groß-
mutter, meine Schwester Dagmar (9 Jahre) und
ihr noch nicht dreijähriger Bruder Ingo, also ich,
fuhren zur Tante Friedel höflich nach Oberschreiberhau ins Riesengebirge. Sie hatte dort
eine Ferienpension.

Schreiberhau (pol. Szklarska Porcba) ist und war
schon immer ein beliebter Ferienort. Das Dorf
erstreckt sich über mehrere Kilometer durch ein
malerisches Flusstal. Schon im ausgehenden 19.
Jahrhundert entdeckten Künstler und Schriftsteller diese Perle der Natur. Der berühmteste aus
dem erlauchten Kreis von Schriftstellern war der
Nobelpreisträger Gerhart Hauptmann (1862-1946).
Er war es, der seine schützende Hand während
des 3. Reichs über die Bewohner des Tals und die
dort angesiedelten Künstler und Schriftsteller
hielt, so auch über den Maler Werner Fechner.
Sein Vater Hanns war einer der berühmtesten
Porträtisten des ausgehenden 19. Jahrhunderts.
Sein Sohn Werner war ebenfalls ein hochbegabter
Maler und Porträtist. Seinem künstlerischen

Schaffen ist von den Nazis ein jähes Ende gesetzt worden, denn seine Mutter war eine jüdische Bankierstochter und deswegen bekam er schon 1935 Berufsverbot. Er zog sich von Weimar in das Haus seines zwischenzeitlich verstorbenen Vaters nach Oberschreiberhau zurück. Hier arbeitete er, dank Gerhart Hauptmann, in gewisser Weise „unter der Hand" weiter. Er malte insgeheim Porträts von Sommergästen und verdiente sich so seinen Lebensunterhalt für sich und seine Frau, die „Meise" genannt wurde. So porträtierte er auch 1944 meine Schwester Dagmar.

Die Sommerferien 1944 waren zu Ende. Mein Vater holte uns mit dem Auto von der Ferienpension ab. Er war zu dieser Zeit Chefarzt der Chirurgie des Zivil- und Militärkrankenhaus in Nikolai/Oberschlesien (pol. Mikolow). Am Tag unserer Abreise musste er in der Funktion des Militärarztes, bei seiner zuständigen Einheit in Hirschberg (nahe Schreiberhau) etwas erledigen, deswegen trug er noch seine Uniform, als er am Spätnachmittag bei uns Feriengästen ankam. Er war sehr auf das Porträt seines Töchterchens gespannt, sodass er sofort und ohne seine Uniform auszuziehen, in das Atelier des Künstlers eilte.

Das Haus des Malers lag auf einem Hügel, nur einige hundert Meter von der Ferienpension unserer Tante Friedel entfernt. An das typische Riesengebirgshäuschen war ein Atelier angebaut. Hinter dem Haus erstreckte sich ein sehr großes Wiesengrundstück mit einem Fichtenwäldchen. Hinter dem Fichtenwäldchen versteckt, stand ein kleines Gästehaus, das der Vater des Künstlers für seine Malerfreunde aus Berlin errichtet hatte, damit sie hier die Ruhe und Abgeschiedenheit des Riesengebirges genießen konnten.

Mein Vater war gerade an dem Haus angekommen, da stand plötzlich ein mittelgroßer Mann mit roten, langen, aber gepflegten Haaren vor ihm. Trotz Spätsommerabend trug er einen dicken Wintermantel mit hochgeschlagenen Kragen. Das plötzliche Zusammentreffen mit einem Soldaten muss diesen Fremden bis ins Mark erschüttert haben. Einen Moment stand er wie angewurzelt da, dann murmelte er hastig einen Gruß, um dann schnell in einem Seitenweg zu verschwinden. Mein Vater war verdutzt, er schaute dem Mann nach und sah, wie dieser ein Gartentürchen öffnete und Richtung Fichtenwäldchen verschwand …

Überschwänglich wurde er von dem Künstlerehepaar empfangen, denn sie hatten wenig Kontakt zur Außenwelt. Mein Vater war vom Porträt seines Töchterchens hellauf begeistert. Doch hielt er sich aber nicht mehr lange bei dem Künstlerehepaar auf. Bei der Verabschiedung fiel ihm wieder der komische Fremde ein und schon in der Tür stehend fragte er: „Als ich hochkam, bin ich einem Mann im dicken Wintermantel begegnet, kennen Sie den?" Ein Moment Stille. Dann war es Meise Fechner, die als Erste das Schweigen brach. „Ach, das ist unser schwer kranker Gast, er hatte eine offene, hochansteckende Tuberkulose, die er im Riesengebirge auskurieren möchte. Wegen seiner offenen Tuberkulose sollte er das Haus eigentlich nicht verlassen. Aber er muss doch auch mal frische Luft schnappen." Mit dieser Auskunft war mein Vater zufrieden, denn es gab im Riesengebirge mehrere Krankenanstalten für Tuberkulosekranke.

Im Januar 1945 war es dann so weit, die Rote Armee war über den ganzen deutschen Osten hereingebrochen. Es blieb nur noch die Flucht. Meine Mutter, meine vier Geschwister und ich landeten nach mehreren Fluchtstationen bei einem Bruder meines Vaters in Wangen im Allgäu und Ende 1946 kam mein Vater aus englischer Kriegsgefangenschaft zu uns. 1948 eröffnete er in Bad Wurzach, nahe Wangen, eine Allgemein- und Badearztpraxis.

1952 war die Freude bei meinen Eltern groß, als sie hörten, dass in Wangen eine schlesische Künstlersiedlung entstehen sollte und besonders glücklich waren sie, als sie hörten, dass auch das Ehepaar Meise und Werner Fechner ein bescheidenes Künstlerhäuschen beziehen werden. Einige Jahre später luden die Fechners meine Eltern zu sich ein. Es sei noch ein befreundetes schlesisches

Ehepaar, Hans und Käthe Birkenfeld, mit eingeladen, der Name sagte meinen Eltern nichts. Im Laufe des Abendessens fragte der Künstler, „ob mein Vater sich noch an den Spätsommertag in Oberschreiberhau erinnern könne, als er das Porträt seiner Tochter abgeholt habe und ob er sich auch noch an das mysteriöse Zusammentreffen mit dem Mann mit den roten Haaren erinnern könne?" Dieser Mann sei Hans Birkenfeld, ein Freund der beiden, ein Jude, der das Dritte Reich überlebt hat, und zwar lag er sechs Jahre mit einer „angeblichen" offenen Tuberkulose im Bett. Seine nicht jüdische Frau hat ihn „gepflegt" und ihn vor der Deportation gerettet. Mein Vater hat ihn in Uniform am Spätsommerabend 1944 vor dem Fechnerschen Grundstück getroffen, der „angebliche" Tuberkulosekranke war damals zu Tode erschrocken und heilfroh, dass mein Vater ihn nicht „verpfiffen" hat. Das Ehepaar Birkenfeld ließ sich in einem Dorf nahe Wangen nieder, sie hatten sich ein kleines entzückendes Haus mit wunderbarem Alpenblick gebaut. Das Häuschen soll dem Gästehaus in Schreiberhau geglichen haben. Nach dem Wiedersehen entwickelte sich eine innige Freundschaft meiner Eltern mit dem kinderlosen Ehepaar Birkenfeld. Aus Dankbarkeit schenkte Hans Birkenfeld meinem Vater verschiedene Antiquitäten, unter anderem auch die Wiener Säulenuhr, die ich geerbt habe und die ich zunächst dem Verein „Alter Uhren" in Köllerbach geliehen und die ich 2023 dem Verein geschenkt habe.

Ein Brief aus der Kriegsgefangenschaft

Sammler und Jäger waren die Männer der Steinzeit. Diese Einteilung soll sich einem Gerücht zufolge bei gewissen männlichen Personen bis zum heutigen Tag weitervererbt haben. Nach Meinung meiner engeren Umgebung gehöre ich eindeutig zur Gilde der Sammler, denn es hat sich im Laufe der 80 Jahre meines Lebens so einiges in unserem Haus angesammelt.

Nun ist aber die Zeit gekommen, sich von vielem zu trennen, auch von Büchern, die keiner mehr lesen will. Diese Trennung fällt mir immer besonders schwer.

Die Bücher, die in den Papiercontainer wandern, werden von mir einer subtilen Kontrolle unterzogen. Ab und zu ertappe ich mich beim wiederholten Schmökern in diesen alten Leseschätzen. Früher konnte ich das schon aus reinem Zeitmangel nicht machen. Aber jetzt, in diesem Lebensabschnitt als Rentner, kann ich nach Herzenslust schmökern, bis die Augen müde sind.

Ich war überrascht, als mir in einem der alten Bücher ein Brief in die Hände fiel, bei dem das Kuvert aus einem groben, faserreichen Papier bestand, auf der Vorderseite des Briefes befand sich ein roter Stempel mit der Aufschrift: „Censorship / Zensur, ein weiterer vom 10.12.45 Uetersen (Holstein)", sowie ein dritter Stempel 24.12.45 Wangen/Allgäu. Der Brief war also 12 Tage unterwegs. Adressiert war der Brief: „An Herrn Stadtapotheker Emanuel Schindera" Wangen / Allgäu, Herrenstraße 1 und der Absender lautete: Dr. Georg Schindera, Gefangenen-Camp II. 6/53. Uetersen Hollstein.

Der Absender, die drei Stempel und die 12-tägige Reise des Briefes erregten natürlich sofort mein Interesse. Ich schaute nach, ob in dem Kuvert noch ein Brief war. Tatsächlich steckte in dem Kuvert ein Brief. Ich nahm den Brief aus dem Kuvert. Mein Herz begann aus heiterem Himmel, plötzlich heftig zu klopfen. Der Brief war an meinen Onkel, den Bruder meines Vaters, gerichtet.

Ich erkannte sofort die Schrift meines Vaters. Die Tinte war stark verblasst, doch noch leserlich.

Den Brief hatte mein Vater in der englischen Kriegsgefangenschaft geschrieben, dafür sprachen der Absender und die vielen verschiedenen Stempel. Gespannt und erwartungsvoll las ich den Brief und sofort war mir klar, dieser Brief muss der Anonymität entrissen werden, er muss ans „Tageslicht" gebracht werden! Dieser Brief ist ein Augenzeugenbericht über das Bombardement von Dresden.

Zunächst muss ich erklären, weshalb mein Vater am 13./14. Februar 1945, also zur Zeit der Luftangriffe auf Dresden, sich in der sächsischen Metropole befand. Mein Vater arbeitete in Nikolai/ Oberschlesien, einer Stadt mit circa 10 000 Einwohnern im oberschlesischen Industrierevier, als chirurgischer Chefarzt eines von Nonnen geleiteten Zivilkrankenhauses. Nach Kriegsbeginn im September 1939 wurde dem Zivilkrankenhaus noch ein Militärkrankenhaus angeschlossen. Im Januar 1945 stand die Rote Armee kurz vor Nikolai, da flüchtete mein Vater mit seinen Verwundeten in einem der letzten Lazarettzüge aus Oberschlesien.

Auszug aus dem Brief meines Vaters ...

Am 7. Februar (1945) kam unser Lazarettzug nach Irrfahrten durch halb Schlesien, Thüringen und Sachsen in Dresden an. In Dresden befanden sich mehrere Lazarette mit vielen Verwundeten der Ostfront und dazu kamen noch die vielen Flüchtlinge aus ganz Schlesien, die nach Dresden hineinströmten, die Stadt quoll über von Menschen. Ich unterstand mit meinen Verwundeten dem Lazarett Dresden-Blasewitz, uns wurde eine Turnhalle als neues Lazarett zugewiesen, die von mir versorgten Verwundeten kamen hier unter. Die Turnhalle wurde von meinen Leuten notdürftig als Lazarett umgerüstet. Ein kleiner Operationssaal war einzurichten, um in ihm Verbände zu wechseln, Fäden zu entfernen und kleinere Eingriffe vorzunehmen. In der Turnhalle gab es einen großen Keller. Ich hatte angeordnet, hier eine kleine Küche einzurichten, denn im Keller gab es auch einen Wasseranschluss, was sich später als sehr hilfreich herausstellen sollte.

Am 11.02.45, einem Samstag, fuhr ich nach getaner Arbeit mit der Trambahn von der Turnhalle nach Dresden Blasewitz. Ein wunderbarer Abend. Die Temperatur erfreulich mild. Davor herrschte wochenlang eisige Kälte von nie gekanntem Ausmaß. Es war so kalt, dass die Oder zufror. Das Eis war so dick, sodass russische Panzer über den Fluss fahren konnten, ohne einzubrechen. Von dieser Kälte war an diesem Abend nichts mehr zu spüren. Die Abendsonne strahlte über der Stadt und es glänzte und glitzerte über dem Zwinger, ein friedliches Bild, so schön. Das letzte Bild einer todgeweihten Stadt. Dieses Bild habe ich nie mehr vergessen. Und dann dieses höllische Inferno!

13.02.45 kündigte sich ein langweiliger Rosenmontag an. Ich wusste, dass Omi, (meine Schwiegermutter) und Schwägerin („Pitscher") mit dem drei Monate alten Säugling Ina von Breslau auch nach Dresden kommen sollten. Ich suchte in meinem Notizbuch nach der Telefonnummer einer Familie Beausecour, bei der die drei unterkommen wollten. Die Familie Beausecour wohnte ganz in der Nähe der Turnhalle. Beim Telefonat mit Frau Beausecour erfuhr ich, dass Omi, Schwägerin Pitscher und Ina glücklich aus Breslau herausgekommen waren und dass sie eben angekommen seien. Ich ging sofort zu ihnen.

Gegen 22 Uhr ein völlig unerwarteter „Fliegeralarm". Ich schnappte den Säugling und wir hasteten in den Keller, der alles andere als ein Luftschutzkeller war. Danach eilte ich schnell ins Lazarett, unterwegs wurden durch Aufklärungsflugzeuge schon „Christbäume" (leuchtende Markierungen aus Stanniolpapier) abgeworfen und es fielen auch schon die ersten Sprengbomben. Alle Dresdner und besonders die Flüchtlinge hatten geglaubt, dass sie als „Offene Stadt" (eine Stadt ohne kriegswichtige Industrie, in der sich nur Flüchtlinge und Verwundete aufhielten) vom Bombenkrieg verschont bleiben würden. Glaubten sie? Nach den ersten Bombeneinschlägen brannten viele Häuser. Genau vor meinem Lazarett tat sich ein riesiger Bombentrichter auf, aber die Halle stand noch. Die Verwundeten hatte man in provisorischen Betten im Keller untergebracht. Der erste Schlag war kaum vorbei, da folgte schon der zweite Angriff.*

Ein ohrenbetäubendes Heulen, dann ein fürchterliches Krachen, die Wände wackelten wie bei einem schwersten Erdbeben. Aber die Halle hielt stand. Nach einer Stunde eines entsetzlichen „Infernos" war Ruhe eingetreten. Ich wagte mich zögerlich aus dem Keller der Turnhalle heraus.

Die Straßen menschenleer. Unbeschreibliche Feuerstürme tobten in den Häusern. Große Bäume wurden wie von einer Geisterhand aus Feuer einfach umgeknickt. Eine höllische Hitze, gepaart mit beißenden Dämpfen, die das Atmen zur Qual machten.

Urplötzlich zogen zwei Tiere ganz ruhig durch die rechts und links aufgetürmten Feuerwände. Ein gespenstischer Anblick. Als ich genauer hinschaute, waren es zwei südamerikanische Guanakos, die instinktiv weg vom Zoo, durch die brennende Stadt zum Wasser, zur Elbe hinzogen.

Nach einigen Stunden kamen auch angsterfüllte Menschen aus der Innenstadt mit Fahrrädern, Wägelchen und Sonstigem. Viele Kinder, auch Kleinkinder, die man unterwegs aufgelesen hatte, waren dabei. Die Menschen, auch mich, traf eine giftige, unsichtbare Wolke, es war so, als ob die Luft aus purer Salzsäure bestünde. Die Folge: schwerste Bindehautentzündungen und einen nicht zu stillenden Reizhusten. Bis auf einige Stunden Schlaf am frühen Morgen dieses doch wahrlich nicht „langweiligen Rosenmontag" habe ich die Nacht durchgearbeitet. Verbrennungen, Verletzungen aller Art, besonders Kopfverletzungen, hervorgerufen durch herabstürzende Gegenstände. Ich konnte alles nur notdürftig behandeln, denn meine Verwundeten mussten auch noch versorgt werden. Am nächsten Morgen kamen immer mehr Menschen zu uns in die behelfsmäßig eingerichtete Ambulanz. Medikamente waren ausgegangen und dementsprechend war die Versorgung völlig unzureichend, und das Schlimmste an dieser Situation war, dass ich sie nicht ändern konnte. Ich stand zuletzt mit völlig leeren Händen da. Gegen 10 Uhr machte ich mich auf den Weg, um beim Wehrkreisarzt Hilfe anzufordern. Unterwegs stieß ich auf Aschehäufchen, größere waren durch Phosphor verbrannte Erwachsene, kleinere waren verbrannte Kinder. Denn von den Bombern wurden nach den Luftminen die in ihrer Wirkung so verheerenden Phosphorbomben geworfen, und das waren die schaurigen Überreste.

Es hätte ein herrlicher Frühlingstag sein können, wenn da nicht die noch lodernden Häusergerippe, die schrecklich verkohlten Menschenreste und diese unsäglich verpestete Luft gewesen wäre. Ich habe zufälligerweise überlebt.

Plötzlich, ich war fast am Neumarkt angekommen, da kamen aus heiterem Himmel englische Jagdbomber im Sturzflug angeschossen, eine Warnung gab es nicht, denn die Alarmanlagen waren zerstört, und die Tiefflieger deckten mit Salven alles ein, was sich bewegte. Ich presste mich an eine Gartenmauer und beobachtete eine Kolonne HIWIS (nicht kämpfende Hilfsfreiwillige, oft ukrainische Soldaten), die bei der Aufrechterhaltung der Infrastruktur Hilfsdienste leisteten. Dieses Häuflein HIWIS wurden mit Geschossen aus den Bordkanonen umgemäht. Von der Kolonne sah man nur fliegende Körperteile durch die Luft wirbeln. Ich kehrte schleunigst um und „verdrückte" mich in mein Lazarett …

Der nächste Tag musste unbedingt eine Lösung bringen. Ich war total erschöpft. Es war nicht nur die anstrengende chirurgische Tätigkeit, Tag und Nacht. Nein, es war das unsagbare Elend ringsherum, die Kinder und die Hilflosigkeit. Es musste ein Ausweg aus dieser grauenvollen Situation gefunden werden. Meine Verwundeten und ich konnten nicht mehr länger in dem Keller der Turnhalle bleiben, die hygienischen Zustände waren so katastrophal, es war nur eine Frage der

Zeit, bis es zu einer Cholera Epidemie kommen würde und die ersten Fälle von Wundfieber waren bereits aufgetreten.

Am nächsten Tag gelang es mir, einen Elbkahn zu beschlagnahmen, und eine Kolonne HIWIS brachte die Verwundeten auf den Kahn, der sie auf der Elbe nach Meißen brachte.

Das Kriegsende erlebte mein Vater in einem Lazarett in Schwerin. Die Amerikaner hatten Mecklenburg besetzt. Sie ließen meinen Vater unbehelligt weiterarbeiten und gaben ihm sogar Medikamente für seine Verwundeten. Hier erlebte er zum ersten Mal die sensationelle Heilwirkung des Penicillins.

Am 1. Juni verließ er Hals über Kopf Schwerin, denn die Amerikaner hatten Mecklenburg den Russen überlassen. Zusammen mit zwei Soldaten seiner ehemaligen Sanitätskompanie erreichte er am 2. Juni erschöpft, durchnässt, aber froh, das linke Ufer der Elbe. Auf dieser Seite der Elbe empfingen ihn englische Soldaten, die ihn gefangen nahmen. Weihnachten 1945 verbrachte er in einem englischen Gefangenenlager. Kurz vor Weihnachten hat er den Brief an seinen Bruder geschrieben. Anfang 1946 kam er völlig, krank an Leib und Seele, aus englischer Kriegsgefangenschaft nach Wangen im Allgäu zu seiner Familie, mit deren Hilfe er ganz allmählich wieder seelisch und körperlich im wahrsten Sinn: „auf die Beine kam".

* Insgesamt warfen 773 britische Bomber in zwei Angriffswellen ungeheure Mengen an Sprengbomben ab.

Ruhe sanft

Neben dem „Gasthof zum Hirsch" stand noch ein Rest der Mauer des alten Friedhofs. Vor der Mauer standen Kastanienbäume, die über 200 Jahre alt waren. Sie mussten einem neuen Aufgang zur Kirche weichen. Mächtige Wurzeln versuchten die Arbeiter, auszugraben. Und diese armdicken Wurzeln sollten mit Spitzhacken „beseitigt" werden. Ein lächerliches Unterfangen. Nur ein Bagger konnte das schaffen. Und da kam er, das stählerne Ungetüm. Und sofort nahm der Baggerführer den Kampf mit dem Wurzelwerk auf. Er zog und rüttelte und versuchte, mit der Baggerschaufel das Wurzelwerk aus ihrer „Verankerung" zu lösen. Plötzlich war da ein Hohlraum. Der Baggerführer stoppte, sprang aus dem Führerhäuschen. Er griff nach einer Schaufel und entfernte Holzreste. Ein altes Brett? Aber was war das? Ein „Totenschädel!" Die Polizei wurde gerufen. Der Polizist blinzelte verschmitzt: „Das ist verjährt." Der Pfarrer wurde herbeigeholt und der hatte eine Erklärung zur Hand. Früher wurden Verbrecher, die durch den Strang zu Tode kamen, außerhalb des „Gottesackers" verscharrt. Dieser Schädel stammte wahrscheinlich von so einem Delinquenten. Der Pfarrer lässt in einer Ecke des neuen Friedhofs eine kleine Grube graben. Der Schädel wird in einem Holzkästchen in diese kleine Grube gelegt. Der Pfarrer murmelt ein Gebet. So kommt der mutmaßliche Verbrecher doch noch zu einem „anständigen Begräbnis". Ob der Mensch, von dem der Totenschädel stammt, tatsächlich ein Verbrecher war, das wird man niemals mehr erfahren, denn damals war man mit der Todesstrafe sehr schnell bei der Hand oder am Hals. Ruhe sanft!

O Tannenbaum wie grün …

Die Enttäuschung war meiner Mutter ins Gesicht geschrieben. Sie legte den Telefonhörer auf die Gabel. Und mit Trauer in der Stimme verkündete sie: „Tante Zitta kommt dieses Jahr nicht zur Bescherung. Ein Hexenschuss hat sie getroffen."

„Mama, was ist ein Hexenschuss?", fragte meine drei Jahre jüngere Schwester.

„Beim Hexenschuss schießen plötzlich starke Schmerzen in den Rücken", erklärte meine Mutter.

Tante Zitta, die älteste Schwester meiner Mutter, war Lehrerin an einer Volksschule (Grundschule). Sie war nicht verheiratet. Ihr Verlobter war im Krieg gefallen und nach dem Krieg hat sich kein Mann mehr gefunden, der das Wagnis einer Ehe mit dieser Frau eingegangen wäre, denn sie war eine typische Fliegenbeinzählerin, eben die „Tante-Gouvernante." Auch tat sie keinen Pfifferling für ihr äußeres Erscheinungsbild. Die Haare waren streng nach hinten gekämmt und sie mündeten in einem etwas mickrigen Knoten. Auf der etwas zu klein geratenen Stupsnase saß eine Nickelbrille mit dicken Brillengläsern, sie war stark kurzsichtig. Sie hatte immer nur Röcke und Blusen an, an dem obersten Knopf der Bluse prangte eine fast kinderhandgroße, elfenbeinerne Brosche und dazu trug sie halbhohe, schwarze Schnürschuhe. Rock und Bluse waren immer von einer geradezu fleckenlosen Sauberkeit und die schwarzen Schuhe glänzten, als ob sie einem orientalischen Schuhputzer in die Hände gefallen wären. Auf alten Fotos aber war zu erkennen, dass sie eine äußerst geschmackvoll gekleidete, sehr hübsche Frau war, doch seit der Todesnachricht ihres Verlobten trug sie nur noch diese altmodischen schwarzen Sachen. Es war nicht das Äußere, das sie so wenig anziehend machte. Nein! Es war die Tatsache, dass für sie auch nach 12:00 die Schule noch nicht zu Ende war. Sie war 24 Stunden Lehrerin. Ständig war sie am Herumkorrigieren und Belehren. Wir nannten sie „die Grillenfängerin." Diesen Spitznamen musste ein Erwachsener erfunden haben, denn ein solcher Ausdruck befand sich nicht in unserem Repertoire. Er gefiel uns aber …

Und wenn sie mich traf, fragte sie: „Was macht die Schule, mein Lieber?", und mit der Zielgenauigkeit einer Rakete traf sie immer die Schwachstelle in allen Hauptfächern.

Meine Mutter rührte für ihre Schwester, „Tante Zitta" aufs heftigste die Werbetrommel, was für eine liebenswerte Person sie doch wäre, so war sie für mein Schwesterchen und mich nur die Tante „Zitta" (Zitta kommt von zittern), denn hatte sie erst einmal ein Leck in irgendeinem Fach entdeckt, so wurde das sofort herausposaunt, „Ursula, weißt du nicht, dass dein Sohn in der letzten Arbeit in … (bis auf Deutsch war das in jedem Fach möglich) wieder eine Fünf geschrieben hat?"

Auch mit meinem Cousin Otto stand sie ständig auf Kriegsfuß. Sie hatte ihm manche schmerzhafte Niederlage mit ihren Bemerkungen und Katastrophennachrichten zugefügt. So konnte schon eine einzige Bemerkung von ihr zu harten

Strafen führen. Eine solche Strafe war der Taschengeldentzug für mehrere Wochen. Deswegen sann Otto schon seit Langem auf Rache …

Im folgenden Jahr sollte der friedliche Weihnachtsabend zum Abend der Rache werden, denn nicht nur Tante Zitta kam mit so unmöglichen Geschenken, wie handgehäkelte Topflappen, gestrickte, kratzende Wollkniestrümpfe und vielem unnützen Zeug zur Bescherung, sondern es kam auch Otto mit seiner Mama, der jüngeren Schwester von unserer Mutti am Heiligabend zu uns. Die beiden feierten mit uns das Weihnachtsfest, denn die Eltern von Otto hatten sich getrennt und der „Junge" sollte doch auch ein schönes Weihnachtsfest mit einer richtigen Bescherung miterleben.

Zu Weihnachten ging es bei uns sehr feierlich zu. Bevor wir uns auf unsere Geschenke stürzen durften, wurden immer erst drei Weihnachtslieder gesungen, zuerst „Stille Nacht, heilige Nacht", dann „Oh du fröhliche" und zuletzt „Oh Tannenbaum, oh Tannenbaum".

Ich erinnere mich noch heute sehr genau an dieses Weihnachtsfest, das mit einer mittleren Katastrophe endete. Es begann damit, dass Otto meiner Schwester und mir eröffnete, dass wir dieses Jahr anstatt Oh Tannenbaum, oh Tannenbaum, „O h T a n t e b a u m, o h T a n t e b a u m" singen werden. Und ich habe noch die Ansage meiner Mutter in meinen Ohren: Und zum Schluss singen wir wie jedes Jahr das schöne Weihnachtslied: „Oh Tannenbaum" und sie stimmte auch sofort das Lied an. Meine Schwester und ich sangen mit unseren hellen Sopranstimmen ganz laut und deutlich, „O h T a n t e b a u m, o h T a n t e b a u m" wie grün sind deine Blätter. Otto, der Schuft, hatte uns reingelegt, denn er hat nicht mitgesungen! Und das folgende Donnerwetter ging auf mich nieder. Meine Schwester war zu jung, um eine so niederträchtige Verunglimpfung eines so schönen Weihnachtsliedes zu machen, und dass Otto der Urheber dieser Liedverstümmelung war, das kam niemandem in Sinn und so prasselte das ganze Donnerwetter auf mich nieder.

Ich wurde als Einziger bestraft. „So dann gibt es dieses Jahr eben keine Geschenke" und dann musst du eben Weihnachten in deinem Zimmer feiern. Doch nach einer halben Stunde tauchte ich schluchzend wieder auf. Ich erklärte hoch und heilig, dass ich nie wieder so etwas machen würde. „Meine Untat wurde mir verziehen" und so durfte auch ich meine Geschenke auspacken.

Beim anschließenden Abendessen lief Tante „Zitta" zur Hochform auf und sie erklärte schulmeisterlich: „Wisst ihr überhaupt, dass eurer Weihnachtsbaum keine Tanne sondern eine Fichte ist?" Und weiter im belehrenden Ton: „Weder die Tannen noch die Fichten haben grüne Blätter sondern, das weiß doch jedes Kind, diese Bäume haben Nadeln."

Da platzte es aus Otto heraus: Dann müssen wir das nächste Jahr, Oh Fichtebaum, Oh Fichtebaum, wie grün sind deine Nadeln, singen. Alle lachten herzlich über Ottos logischen Einwand, nur Tante „Zitta" schwieg, leicht säuerlich lächelnd.

Es fehlt nur noch das OKAY

Schweren Herzens setze ich mich über das Verbot der Person, die mir die Geschichte erzählt hat, hinweg. Sie hat mir zwar unaufgefordert über die Geschehnisse von damals berichtet, bestand aber darauf, dass ich sie nicht veröffentlichen darf, weil sie meinte, dass die Kirche nicht „beschädigt" werden dürfte. Der Grund war für mich nicht stichhaltig, denn mit demselben Argument haben die Kirchenoberen die Missbrauchsfälle vertuscht und den Opfern wurde viele Jahre wenig oder fast keine Aufmerksamkeit geschenkt und Entschädigungen wurden nur schleppend bezahlt. Es liegt mir fern, mit dieser Geschichte der katholischen Kirche zu schaden. Und so habe ich mich entschlossen, die Geschichte auch ohne Erlaubnis zu veröffentlichen. Namen, Orte und Zeiten habe ich so verändert, sodass selbst das FBI weder den Täter noch die Person, die mir die Geschichte erzählt hat, identifizieren könnte.

Der Koffer war gepackt. Das Flugticket war bezahlt. Und was besonders wichtig war, das Visum für die USA war endlich mit der Post angekommen. Es fehlte nur noch das Okay von Pater John. In drei Tagen sollte sie losgehen, die Reise von Melanie …

„Hast du eigentlich bei dem Pater in Chicago angerufen?", fragte Klaus seine Frau am Frühstückstisch in leicht gereiztem Unterton.

Gisela antwortete ihm in derselben gereizten Tonlage: „Ja, du hast wieder einmal nicht zugehört, ich habe es dir schon erzählt, ich habe gestern Nachmittag dreimal bei dem Pater angerufen und immer war besetzt, und jetzt kann ich nicht anrufen, in Chicago ist es 1 Uhr nachts, du weißt doch, sieben Stunden Zeitverschiebung."

Paul musste zur Arbeit. Er fuhr immer auf den letzten Drücker los. An der Haustür drehte er sich zu seiner Frau noch einmal um und verabschiedete sich: „Ruf mich in der Firma an, wenn der Pater sich meldet!" Und noch bevor die Tür ins

Schloss fiel, murmelte er vor sich hin: „Komisch", das Letzte hatte Gisela nicht mehr gehört. Natürlich war es Gisela auch mulmig zumute, schließlich sollte Melanie, ihre Tochter, die erst 15-Jährige, jedoch für ihr Alter recht selbstständige Mädchen, allein nach Chicago fliegen und die großen Ferien bei dem Pater verbringen. Was kann in einer so riesigen Stadt alles passieren? Aber sie beruhigte sich bei dem Gedanken, dass Melanie bei dem katholischen Priester sicher gut aufgehoben sein würde, und schließlich kannte Gisela den Pater John G. schon seit der Teenagerzeit, als er nach seinem Theologiestudium in den USA noch ein Germanistikstudium in München absolvierte und er seine Semesterferien in Garmisch verbrachte.

Nach dem Studium in Deutschland war der Priester Professor für Germanistik an der katholischen Universität in Chicago geworden, und weil das Kloster der Patres in Chicago so weit außerhalb von Chicago lag, hatte er eine kleine Wohnung im Campus der Uni und nur am Wochenende war er bei seinen Mitbrüdern im Kloster. An den Pater hatte sich Gisela mit der Frage gewandt, ob es möglich sei, dass Melanie ihre großen Ferien in Chicago bei ihm oder einer Familie verbringen könne?

Melanie hatte von ihrer zwei Jahre älteren Freundin gehört, wie toll es in Amerika war. Die Freundin war letztes Jahr in den großen Ferien mit einer privaten Organisation in den USA gewesen. Mit einer privaten Organisation wollten Gisela und Klaus nicht ihr „Kind" nach Amerika schicken, das war ihnen doch zu unsicher. Man hatte so einiges von den privaten Organisationen gehört und deswegen hatte sich Gisela an den Pater gewandt, der auch sehr rasch zugesagt hatte. Melanie könnte auf dem Campus wohnen, denn es waren zur selben Zeit wie in Deutschland auch an der Uni in Chicago Ferien. Es hatte bis auf das entscheidende O K A Y alles so gut geklappt.

Giselas Gehirn schlug Purzelbäume. Gut, dass Melanie noch schlief, es war ihr erster Ferientag. Sie überlegte fieberhaft, was sie noch machen könnte. Und wenn Pater John sich nicht meldet, was dann? „Nein, nein", um Gottes willen nur das nicht …. Also anrufen! Ach, das geht ja erst heute Nachmittag, wegen der Zeitverschiebung ist es in Chicago erst 2 Uhr morgens. Irgendwas musste sie tun. Sie könnte ihm ein Telegramm schicken. Die Telefonnummer der Uni hatte sie erst neulich in ihr Notizbuch geschrieben. Noch bevor sie den Gedanken ein Telegramm aufzugeben zu Ende gedacht hatte, schrieb sie in Englisch ein kurzes Telegramm: „Please, call back urgently because of Melanie's trip / Erbitte dringend Rückruf wegen Melanies Reise." Das Telegramm gab sie sofort auf, um sich zu entspannen, fing sie an, Wäsche zu bügeln.

Kurze Zeit später stand gähnend Melanie in der Tür und noch gänzlich verschlafen war ihre erste Frage: „Hat der Pater sich gemeldet?"

Gisela bemühte sich, ihr in ruhigem Ton zu antworten, Melanie sollte von der äußerst angespannten Situation nichts bemerken.

„Nein, aber die haben in den USA erst 2 Uhr morgens. Komm frühstücken, und wolltest du heute nicht noch zum Friseur gehen? Danach könntest du bei Omi vorbeigehen und dich verabschieden, bevor du nach Amerika abreist, sie freut sich bestimmt, wenn du kommst und ich könnte in Ruhe noch einiges erledigen."

Melanie war noch nicht eine viertel Stunde außer Haus, da klingelte auch schon das Telefon. Gisela war blitzschnell am Telefon. „Ja, hallo", am anderen Ende war das Fräulein vom Telegrafenamt: „Haben Sie gerade ein Telegramm an Pater John Francis G. aufgegeben?"

„Ja, was ist damit?"

„Es ist eben mit dem Vermerk zurückgekommen: Teilnehmer nicht ermittelbar."

Wäre nicht ein Sessel in der Nähe des Telefons gestanden, auf den sie sich fallen ließ, sie wäre der Länge nach auf den Boden geschlagen, als ob ihr einen Stoß in die Magengrube versetzt hätte. Sie legte wortlos auf. Ihr Puls raste, sie atmete ganz kurz, sie hechelte. Da schoss es ihr durch den Kopf: „Du musst sofort damit aufhören, sonst fängst du an, zu krampfen."

In einem solchen Fall halfen ihr ein kleiner Eierlikör und eine Zigarette, obwohl sie nur eine Gelegenheitsraucherin war. Nach einer halben Stunde war sie wieder auf der Höhe, sodass sie überlegen konnte, was zu tun möglich wäre. Vielleicht ist Pater John krank? Ach, das wissen bestimmt seine Mitbrüder im Kloster. Wie war der Name des Klosters? Da sie immer nur über die Uni-Adresse dem Pater schrieb, hatte sie weder Adresse noch Telefonnummer des Klosters. Sie zermarterte sich ihr Hirn, wie sie an den blöden Namen kommen könnte. Es war Sankt … Sankt … da schlug es wie ein Blitz bei ihr ein, das Fotoalbum. Pater John hatte ihr vor Jahren eine Postkarte von dem Kloster geschickt, die in einem Fotoalbum eingeklebt war. Ohne großes Federlesen riss sie die Postkarte aus dem Album heraus und da war sie, die Adresse und die Telefonnummer. Das Kloster war nach dem irischen Heiligen St. Patrik benannt …

Sofort dort anrufen! Ihr Übereifer wurde durch die blöde Zeitverschiebung gebremst. Wie soll sie jetzt die Zeit bis 2 Uhr mittags totschlagen? Um die Zeit war Chicago gerade wach geworden. Und was macht sie mit Melanie, die konnte sie im Moment überhaupt nicht gebrauchen. Sie könnte mit Omi auf die Sommerschlittschuhbahn gehen. Beide waren begeisterte Schlittschuhläufer. Sie musste unbedingt Omi anrufen und ihr die prekäre Situation erklären, in der sie sich befanden, und dass sie mit Melanie etwas unternehmen solle, damit sie unbehelligt eine Lösung suchen konnte. Also rief sie ihre Mutter, „Omi Friedchen" an. Sie hatte sofort begriffen, um was es hier ging, und sie versprach, ihr Möglichstes zu tun. Aber was sollte Gisela bis 2 Uhr mittags machen? Ach, das hätte sie beinahe im Eifer des Gefechts vergessen, sie wollte Klaus anrufen und ihm alles erzählen und ihr weiteres Vorgehen mit ihm besprechen. Zwar hatte es Klaus gar nicht gern, wenn man ihn in der Firma anrief. Aber das war ja jetzt eine Ausnahme. Klaus hatte jedoch auch kein Patentrezept. Sie verblieben so, dass Gisela sofort bei ihm anrufen sollte, wenn sie mit den Patres im Kloster gesprochen hatte.

Bis dahin war noch viel Zeit. Die ganze Wäsche war gebügelt und so begann sie mit dem Hausputz. Sie musste sich irgendwie ablenken. Eine Zeile aus Max und Moritz von Wilhelm Busch ging ihr ständig durch den Kopf: „Wehe, wehe. Wenn ich auf das Ende sehe …"

Um halb zwei war sie endlich mit allem fertig. Völlig erschöpft und mit den Nerven am Ende machte sie sich zur Beruhigung einen Grießbrei. Diesen Brei hatte Omi Friedchen ihr in ihrer Jugend in solchen Situationen auch immer gemacht. Dann war es endlich 2 Uhr und in Chicago 7 Uhr morgens. Eigentlich kein Problem, sind doch die Patres Frühaufsteher. Aber wird ihr Schulenglisch ausreichen? Sie bereitete mittels Lexikon und Englischgrammatik einige Sätze vor und mit einem Stoßgebet zum Himmel rief sie im Kloster an. Endlich hatte sie einen amerikanischen Pater an der Strippe. Mit einigen Stotterern trug sie ihren Wunsch vor. Von der anderen Seite hörte sie nur einen Satz, den sie bruchstückhaft verstand.

Es sei ein laufendes Verfahren und man könne ihr keine Auskunft geben. Sie legte auf und war am Boden zerstört. Als sie wieder einigermaßen klar denken konnte, rief sie bei Klaus an und teilte ihm mit, was ihr der Pater am Telefon gesagt hatte: „Ach, du große Scheiße," sagte er und im gleichen Atemzug: „Da ruf' ich selbst an." Schließlich hatte die Firma eine Zweigniederlassung in den USA und er telefonierte mehrere Male in der Woche mit den Kollegen in Amerika. Er versprach Gisela, sie anzurufen, sobald er etwas Genaueres erfahren hätte.

Gisela griff ganz in Gedanken wieder zu einer Zigarette. Sie wartete über eine Stunde auf den Rückruf von Klaus, es war ihr zum Heulen zumute. Dann klingelte das Telefon, es war Klaus, der ihr mit vor Aufregung krächzender Stimme bestätigte, dass ihm der Pater an der Pforte des Klosters nichts anderes, gesagt habe als ihr. Ein laufendes

Verfahren, weitere Auskünfte dürfte er ihm nicht geben. Nun gab es für Gisela kein Halten mehr. Sie fing ganz jämmerlich an zu schluchzen. Klaus war sofort klar, jetzt konnte er Gisela nicht allein lassen. Er ließ alles stehen und liegen und fuhr sofort nach Hause, und hier fand er eine völlig aufgelöste Gisela vor. Er hatte sie ganz behutsam beruhigt, obwohl ihm auch zum Heulen war, und endlich nach einer halben Stunde konnten sie gemeinsam überlegen, was zu machen sei. Klaus fand als Erster wieder Worte: „Ohne das Okay des Paters können wir Melanie nicht fliegen lassen!"

Ja, das war zwischenzeitlich auch Gisela klar geworden. „Was meinst du, was da los ist?", fragte Gisela mit leiser weinerlicher Stimme. „Hm" und mit: „Ich wage es gar nicht zu sagen, vielleicht ist da Missbrauch im Spiel?"

„Nein", Gisela schrie leise auf. Aber ganz im Innersten hatte sie auch schon an so etwas gedacht. „Was sagen wir aber Melanie? Sie wird wahnsinnig enttäuscht sein."

„Wir müssen ihr die Wahrheit sagen", meinte Klaus.

Gisela schnappte nach Luft: „Auf keinen Fall, wie stehe ich da? Ich habe ihr doch immer in höchsten Tönen von dem Pater John vorgeschwärmt. Was für ein toller Mann das ist, so gescheit und dabei so bescheiden."

„Was willst du ihr sagen?", fragte eindringlich Klaus.

„Ich werde lügen, eine Notlüge. Aber sie wird sie glauben müssen! Pater John ist schwer krank und liegt im Krankenhaus. Er hat Krebs."

Klaus erwiderte fast zornig: „Mach, was du willst, ich halte, mich da raus."

Melanie kam strahlend zur Tür herein und sah die beiden Eltern, mit ernsten, versteinerten Mienen dasitzen. Sie hatte nicht sofort begriffen, was da gespielt wurde. Aber langsam dämmerte es ihr. Mit einem „Nein" stürzte sie aus dem Zimmer und schloss sich in ihrem Jugendzimmer ein. Gisela ging ihr sofort nach und bat sie inständig, doch die Tür zu öffnen, damit sie ihr die ganze

Situation erklären könnte. Nach einer Stunde kam Melanie mit verheultem Gesicht aus ihrem Zimmer und erst dann konnte Gisela ihr die Lüge auftischen, das hat sie so glaubhaft getan, sodass Melanie keinerlei Verdacht geschöpft hatte.

Klaus ließ die Geschichte nicht los. Er forschte überall nach, auch bei den Patres. Doch von dort hörte er nur: „Pater John Francis G. ist nicht mehr Mitglied unserer Kommunität."

Es hätte wahrscheinlich nie eine Lösung des Rätsels gegeben, wenn nicht Gisela im Yogakurs eine Amerikanerin kennengelernt hätte. Im Übrigen war das Computerzeitalter angebrochen. Eines Tages erzählte ihr Gisela von der Story mit dem Geistlichen aus Chicago. Kurze Zeit später rief die Amerikanerin Gisela an, sie habe da etwas im Computer gefunden. Da stand: John Francis B. hat wegen Missbrauch eine Haftstrafe verbüßt und die Amerikanerin erklärte Gisela, dass in den USA es eine Art „Pranger" gibt, an den Missbrauchstäter gestellt werden.

Die Dame mit dem Hündchen

Im Alter fällt das Warten besonders schwer. Früher habe ich mit weniger Murren auf meine liebe Frau gewartet. Es gibt aber ganz bestimmte Orte, an denen mir das Warten leicht fällt, einer dieser Orte ist das Café „Avec Plaisir" und im Sommer ist es eine Bank unter den Akazien am Großen Markt in Saarlouis. Einst war der Platz der Exerzierplatz der Soldaten des Sonnenkönigs …

An einem lauen Sommertag, ich saß auf einer dieser Bänke unter den Akazien, ein zartes Lüftchen strich um meine Wangen und ich beobachtete das muntere Markttreiben. Von einem nahegelegenen Blumenstand wehte ein betörender Nelkenduft zu mir herüber.

Da trippelte plötzlich eine Dame, mit einem kleinen Hündchen an der Leine, an mir vorbei.

Ein Hauch von französischem Parfüm, war es Chanel Numéro cinq oder war es Eau de Bandit? Der Duft des französischen Parfüms verdrängte den Nelkenduft. Das Hündchen, es war ein Mops, zog zielstrebig auf einen Blumentopf zu. Den Topf zierte eine feuerrote Gladiole, der Mops hob sein Bein und spritzte seine Notdurft an den Blumentopf. Die mollige, vollbusige Marktfrau sah das, stieß einen Schrei aus und es folgte eine Kanonade von derben, saarländischen Schimpfworten. Doch was war das? Ich traute meinen Ohren nicht, anstatt sich für das Missgeschick ihres Hündchens zu entschuldigen, schoss die Dame Schimpf-Salven von gleichem Kaliber ab. Passanten blieben stehen und schauten völlig unverständlich auf die schimpfenden Kontrahentinnen. Ich musste herzhaft lachen und kam zu dem Schluss, dass eine Dame, die solche Schimpfworte in den Mund nimmt, wohl keine Dame ist.

Mein Vater, der Geburtshelfer

Auf meiner Visitenkarte steht „Geschichtenerzähler“. Und meine Frau sagt, ich wäre ein wandelnder „Geschichtsautomat“: Oben steckt man eine Karte, ein Stichwort hinein und Schwuppdiwupp kommt unten eine Geschichte heraus. So berichtete meine Frau vor einiger Zeit von einer Nachbarin, die ihr Kind zu Hause zur Welt gebracht hat. Auf den kurzen Bericht meiner Frau über eine Hausgeburt folgte von mir sofort die längere Geschichte einer besonderen „Hausgeburt“.

Es war zu der Zeit, als das Wort Zigeuner noch kein Schimpfwort war. Heute kommt dieses abwertende Wort niemals mehr über meine Lippen, und ich achte streng darauf, dass keiner meiner Freunde von der Volksgruppe der Sinti durch dieses Wort diskriminiert wird.

Am 20. Juni 1948 wurde über Nacht in den drei Westzonen Deutschlands die Reichsmark (R-Mark) in Deutsche Mark (D-Mark) umgestellt. Jeder Erwachsene erhielt 40 DM Kopfgeld. Mein

Vater hatte sich kurz zuvor als praktischer Arzt und Geburtshelfer in Bad Wurzach, einer beschaulichen Kleinstadt im West-Allgäu, niedergelassen.

An einem Augustabend 1948 saß die ganze Familie in der Küche beim Abendessen. Da klingelte es an der Haustür. Mein ältester Bruder sprang auf und öffnete die Tür, draußen stand ein unrasierter, braun gebrannter, drahtiger Mann, ein Zigeuner. Noch bevor mein Bruder etwas sagen konnte, schob der Mann ihn zur Seite und stürmte den Stimmen nachgehend Richtung Küche. Meine Mutter wollte gerade eine Schimpf-Kanonade abschießen von wegen Unverschämtheit, doch dazu kam es nicht, denn der Mann stürzte auf meinen Vater zu und flehte ihn an: „Herr Doktor, kommen Sie schnell, meine Frau bekommt ein Baby!"

Mein Vater hatte die Situation sofort begriffen. „Hier war höchste Eile geboten!"

Er nahm den Mann an der Hand und verschwand mit ihm. Beim Verlassen des Hauses hat er noch schnell den Koffer mit den Geburtsutensilien geschnappt. Nach anderthalb Stunden kam mein Vater erschöpft, aber strahlend von dem Besuch im Zigeunerwagen zurück. In den Händen hielt er einen funkelnagelneuen, grünen 20 DM Schein in der Hand. Nun erzählte mein Vater, was sich im Laufe des Abends abgespielt hat …

Vor dem Wagen spielten trotz beginnender Dämmerung noch mehrere, auch kleine Kinder. Im Wohnwagen war nur eine alte Frau und die in den Wehen liegende Frau. Noch bevor mein Vater eine Untersuchung der Frau durchführen konnte, war schon nach einer Presswehe das Kind da. Für den erfahrenen Geburtshelfer waren die jetzt durchzuführende Handgriffe Routine. Das Kind musste gebadet werden. Heißes Wasser für das Bad des Kindes schöpfte der Vater des Kindes aus einem Kessel, der über einem offenen Feuer hing. Dann wurde der kleine Erdenbürger gebadet und in saubere Windeln gewickelt. Schon bald schlummerte das Kerlchen ganz selig in den

Armen seiner Mutter. Zufrieden, nach getaner Arbeit, verließ mein Vater den Wagen.

Noch bevor mein Vater die Familie verlassen hatte, fragte ihn der Zigeuner: „Was bin ich Ihnen schuldig, Herr Doktor?"

Mein Vater antwortete: „Nichts, ihr habt ja auch nur das Kopfgeld bekommen."

Damit aber war der Vater des Neugeborenen nicht zufrieden und er zog aus der Tasche seines langen, abgewetzten, schwarzen Ledermantels einen neuen 20 DM Schein heraus. Mein Vater murmelte, das ist doch zu viel und wollte den Schein dem Zigeuner zurückgeben. Der war aber so überglücklich, dass er den 20 DM Schein nicht zurücknahm.

Da nach der Einführung der D-Mark in den Geschäften wieder alles zu kaufen gab und es auch in der Metzgerei wieder Fleisch und Wurst gab, ging meine Mutter am nächsten Tag in die Metzgerei und kaufte ordentlich für ihre große Familie ein.

Sinti-Großfamilie stürmt Klinik

Neulich lautete die Überschrift der größten deutschen Boulevardzeitung:

Gewalttaten an deutschen Kliniken!

Zunahme!!! Um 20%

Es mag überheblich klingen, aber dieses Revolverblatt kommt mir normalerweise nicht ins Haus. Doch diese Überschrift elektrisierte mich so sehr, dass ich widerwillig eine Ausgabe dieses Blattes kaufte. Beim Lesen zog eine Geisterhand den Vorhang der Erinnerung zurück. Und da war sie wieder, die Erinnerung an den Tag, an dem die Sinti-Großfamilie in Gelsenkirchen die Klinik stürmte.

Nach fünf Semestern Medizinstudium machte ich, zum Erstaunen meiner Eltern und meiner älteren Geschwister mit Bravour in der „alt herrlichen Studentenstadt" Erlangen mein medizinisches Vorexamen / das Physikum. Meine Eltern und besonders mein drei Jahre älterer Bruder hatten Angst, ich würde in Erlangen Wurzeln schlagen, und sie waren der Meinung, es hätte sich bereits eine ernstliche Beziehung angebahnt und dazu wäre ich doch mit meinen 21 Jahren noch zu jung. Und so haben sie mich „jählings" aus Amors Armen gerissen und mich an diese farblose, nur auf Medizin ausgerichtete Akademie in Essen verbannt. Kein Studentenleben, die alte Burschenherrlichkeit war gänzlich entschwunden und was besonders unangenehm war, die Herren Professoren kannten ihre Studenten sogar namentlich.

So erinnere ich mich heute noch an eine peinliche Situation. Bei einem Studentenfest saß der Direktor der Hautklinik an meinem Tisch. Dabei spielte sich folgende Unterhaltung ab. Der Herr Professor: „Wie war nochmal Ihr Name?"

Leicht stotternd nannte ich meinen Namen.

Und er: „Ich habe Sie noch nie in meiner Vorlesung gesehen!"

Da mich der liebe Gott mit einer gewissen Schlagfertigkeit ausgestattet hat, antwortete ich, „Herr Professor, nächstes Semester besuche ich ganz sicher … **(nicht,** da ich nächstes Semester in München studieren werde) Ihre Vorlesung, mich interessiert die Dermatologie sehr", was gelogen war. Erst viele Jahre danach stellte sich das Interesse für die Dermatologie ein.

Lichtblicke aber waren immer die Wochenenden, entweder half ich meinem Bruder, in der chirurgischen Ambulanz, wenn er Dienst hatte. Er war damals Assistenzarzt im Knappschaftskrankenhaus in Gelsenkirchen. Oder wenn er keinen Dienst hatte, fuhren wir mit seinem klapprigen, alten VW ins Münsterland oder nach Holland.

Ich war froh, als das Semester zu Ende war und ich mit meiner Famulatur (so wird die erste praktische, ärztliche Tätigkeit genannt) beginnen konnte. Mein Bruder zeigte mir viel und ich durfte auch schon Verbände anlegen und Spritzen verabreichen. Ein winziges Zimmerchen im Ärztehaus wurde mir zugewiesen, die meiste Zeit hielt ich mich aber im gemütlichen Ärztekasino auf, hier befand sich ein großer Fernsehapparat und dort traf man auch die Ärzte der anderen

Fachrichtungen. Im Casino begegnete ich dem Oberarzt der geburtshilflichen Station. Mit ihm spielte ich öfter eine Partie Schach. Da ich noch nie bei einer Geburt dabei war, habe ich ihn gefragt, ob ich nicht einmal an einer Geburt zuschauen dürfte. „Aber selbstverständlich können Sie an einer Geburt teilnehmen" und noch am selben Abend wurde ich offiziell als neuer Assistenzarzt der Frau vorgestellt, die in Kürze ein Baby erwartete. Es war eine sehr korpulente Sintifrau, die mir sehr freundlich zunickte. Es war ihr 8. Kind, das sie zur Welt bringen sollte. Alles ging sehr schnell und komplikationslos. Noch ehe man sich versehen hatte, war das Baby da. Die Mutter nahm den kleinen schreienden Knaben in den Arm und legte ihn auch sofort an. Die Hebamme schüttelte nur den Kopf, denn es war unüblich, ein Neugeborenes sofort anzulegen. Das Kindlein war aber sofort still und zufrieden, obwohl es nur einige Tropfen Vormilch bekam. Vor der Tür des Kreißsaals wartete der stolze Vater mit zwei erwachsenen Töchtern. Der Oberarzt und ich gratulierten ihm. Er aber zauberte aus seiner Jackentasche eine Flasche Schnaps und forderte uns auf, einen Schnaps mit ihm zu trinken. Der Oberarzt dankte mit den Worten: „Es tut mir sehr leid, aber ich muss noch arbeiten, doch der junge Kollege trinkt sicher gern einen Schnaps mit Ihnen." Und so war ich verdonnert, einen Schnaps mit dem Vater zu trinken. Es muss ein furchtbarer Fusel gewesen sein, denn ich bekam einen nicht enden wollenden Hustenanfall. Nachdem der Husten sich gelegt hatte, bin ich auf mein Zimmer gegangen, habe mich ins Bett gelegt und noch kurz nachgedacht. Das war also die erste Geburt, die ich miterleben durfte. Danach bin ich schnell eingeschlafen.

Am nächsten Morgen bin ich etwas später ins Ärztekasino gegangen ... das Ärztekasino lag in der Nähe der Krankenhauspforte. Vor dem Kasino stand eine mächtige Säule mit Hinweisschildern und in einer Ecke etwas verdeckt befand sich ein Feuermelder. Den ich kurz zuvor entdeckt hatte, weil ihn Maler vor ihrer Arbeit abgeklebt hatten und nach den Malerarbeiten hatten sie vergessen, ihn wieder von den Klebstreifen zu befreien. Ich habe die Klebstreifen abgemacht. Ich war allein im Ärztekasino und ich war der Letzte, der frühstückte. Die Ärzte hatten schon alle mit ihrer Arbeit begonnen.

Noch bevor ich einen Schluck Kaffee getrunken hatte, plötzliche Schreie, ein fürchterlicher Radau direkt vor dem Ärztekasino. Ich sprang auf, dabei hatte ich meine Kaffeetasse umgeworfen, und mit einem Satz war ich an der Tür und drehte den Schlüssel im Schloss herum. Was war da los? Ich überlegte fieberhaft. In meinem Gehirn purzelten die Gedanken durcheinander. Mein Herz jagte Salven durch meine Halsschlagadern. Dann hielt ich es nicht mehr aus. Ich öffnete die Tür nur einen kleinen Spalt, da sah ich ein ganzes Rudel dunkler Männer in Richtung geburtshilflicher Abteilung stürmen. Vor der verschlossenen Abteilungstür stand ein Assistenzarzt, ein Zwei-Meter-Mann, ehemaliger Basketballspieler, der versuchte, die heranstürmende Meute in Schach zu halten. Schlagartig fiel mir die Sintifrau ein. Sollte ihr etwas zugestoßen sein? War etwas mit dem Kind? Und wie könnte ich dem in höchster Not befindlichen Kollegen helfen? Ich hatte panische Angst, wenn sie mich erkennen, gehen sie auf mich los, schließlich war ich doch bei der Geburt dabei. In dieser Notsituation fiel mir der Feuermelder ein. „Einschlagen", war der rettende Gedanke. „Aber mit was?" Zufällig stand da noch eine Leiter, die hatten die Maler vergessen. Ich packte die Leiter und rammte die Spitze in den Feuermelder. Ich wartete gespannt darauf, dass eine Sirene losgehen würde, doch es geschah nichts. Aber nach einigen Minuten stürzten vier Polizeibeamte zur Krankenhauspforte herein und nach ganz kurzer Zeit war auch eine ganze Kompanie Feuerwehrleute zur Stelle. Ich war heilfroh, als ich die vielen Uniformierten sah. Nun traute ich mich auch aus der Deckung hervor. Zwischenzeitlich war auch der Oberarzt der geburtshilflichen Station dem wehrhaften Kollegen zu Hilfe gekommen. Der Polizei war es recht schnell gelungen, Ruhe in die aufgeregte Menge zu bringen. Und schon bald war des Rätsels Lösung gefunden. Die Sintifrau war in der Nacht wahrscheinlich an einer Lungenembolie gestorben. Letztlich aber war die Todesursache nicht bekannt, und eine genaue Todesursache hätte man nur mit einer Obduktion feststellen können. Doch das war der Grund für den Aufruhr. Die Sintis hatten Angst, dass die Frau obduziert wird. Nach Meinung der Sintis kommt nur ein unversehrter, **vollständiger** Leichnam in den Himmel. Von diesem Vorhaben sah man jetzt natürlich ab. Die Sintis zogen ganz gesittet und ruhig ab. Aber sicherheitshalber hatten sie vor der Leichenhalle eine Wache aufgestellt.

Heute wird das Klinikpersonal, oft ohne nichtigen Grund auf das Brutalste angegangen. Viele Kliniken bieten deswegen heute ihrem Personal Kurse zur Selbstverteidigung an.

Flipper, der Paketbote

Ein berühmter Dichter sagte einst: „Erinnerung ist ein Stückchen Paradies." So ist für mich die Erinnerung an die 70er Jahre des letzten Jahrhunderts ein Stückchen Paradies. In diesen Jahren sind zwei meiner Kinder geboren, ich habe mich selbstständig gemacht und eine Hautarztpraxis eröffnet, außerdem konnte ich mit meiner Familie unser neu gebautes Haus beziehen. Heitere Erinnerungen kommen auch immer dann, wenn ich Schlager aus dieser Zeit höre oder wenn im Fernsehen ein alter Film läuft. Gern schaue ich mir auch Folgen alter Serien an. Neulich, als im Fernsehen eine Folge der Serie mit dem Delfin „Flipper" lief, hatte ich plötzlich ein bitteres Aufstoßen. Ich wurde an unseren Paketboten erinnert, der damals Pakete in meine Praxis brachte …

Bewaffnete, maskierte Bankräuber, gibt es nur noch in alten Filmen, denn Geld wird nur noch am Automaten ausbezahlt. Diese Automaten werden von Wachmännern von Schließfirmen bestückt, diese Männer sind mit Revolvern bewaffnet und Sie fahren in gepanzerten Fahrzeugen vor.

Mitte der 70er des vorigen Jahrhunderts waren keine Geldtransporte nötig, denn damals wurde bar bezahlt, und die Bank lagerte ihr ganzes Geld in großen, gesicherten Tresoren. Doch gab es auch damals schon „Geldtransporte", allerdings waren es ganz spezielle Geldtransporte, die nur für die Landesbank bestimmt waren und über die nur eingeweihte Bankangestellte Bescheid wussten. Von einem solchen geheimen Geldtransport geht es in der folgenden Geschichte.

Unser Paketbote war ein kleiner, schmächtiger Mann. Immer gut gelaunt, stets ein Witzchen auf den Lippen, und seine Postmütze saß leicht schief auf seinem Glatzkopf. Sein Markenzeichen, aber wahr, er konnte den Delfin aus der Fernsehserie der „Flipper" täuschend imitieren. Bevor er die Praxis betrat, hörte man auf dem Flur ein meckerndes Geräusch, als ob der Flipper der Fernsehserie vor der Tür stehen würde.

Die Praxis lag am Ende seiner Tour, und auch wenn er kein Päckchen oder Paket für mich abzugeben hatte, kam er trotzdem zu uns, denn meine junge und recht hübsche Arzthelferin (heute medizinische Fachangestellte), kam aus demselben Dorf und war noch über hundert Ecken mit ihm verwandt. Es gab für ihn immer eine frisch gebrühte Tasse Filterkaffee. Es muss Anfang Juli gewesen sein, vor Beginn der großen Ferien. Mitten in eine Patientenuntersuchung stürzte meine Mitarbeiterin ins Untersuchungszimmer und rief: „Chef, kommen Sie schnell", das war unser SOS Zeichen für Notfälle. Ich ließ alles stehen und liegen. In unserer kleinen Kaffeeküche saß leichenblass der „Flipper" und erzählte stockend und immer wieder unterbrochen von Weinkrämpfen, was passiert war:

An diesem Morgen hatte er verschiedene große Päckchen, die mit nur 1000 DM unterversichert waren, in seinem Postauto, dass noch keine Schiebetür hatte, sondern an der Rückfront eine Tür, die mit einem gewöhnlichen Vierkantschlüssel geöffnet wurde, so war es nicht schwer, an die Päckchen heranzukommen. Unser Flipper startete seine normale Tour, sobald er die Pakete und Päckchen nach Straßen geordnet hatte. Für die Landesbank hatte er sieben Päckchen parat. Bevor er an der Landesbank anhielt, lud er an einem Textilhaus noch Pakete aus. Wie immer hielt er ein kleines Schwätzchen mit den Damen der Poststation des Kaufhauses. Als er die Päckchen an der Landesbank ausladen wollte, waren sie weg. „Gestohlen!" Er überlegte kurz, dann fuhr er um die Ecke, direkt zur Polizeidirektion. Die Polizeidirektion lag ganz in der Nähe der Landesbank. Es wurde sofort eine Ringfahndung eingeleitet, die jedoch erfolglos verlief. Das Diebesgesindel hatte genug Zeit, in aller Ruhe die Päckchen zu entwenden, als er im Textilkaufhaus war. Bei der Polizei erfuhr unser Paketbote „angeblich" erstmals von dem Inhalt der Päckchen …

Es war kurz vor den großen Ferien, und der Euro war noch lange nicht geboren, jedes Land hatte seine eigene Währung: Französische Francs,

Österreichische Schillinge, Holländische Gulden, Schweizer Franken, Englische Pfund, Italienische Lire, Spanische Pesos. Vor Beginn der Ferien bezog die Landesbank von der Bundesbank größere Beträge, die sie dann an die verschiedenen Kreditinstitute des Landes verteilte. In den Päckchen waren nur Scheine des jeweiligen Landes und keine Münzen. Der Verlust von ihnen war ein immenser Schaden für die Landesbank. Nachdem die Polizei alles aufgenommen hatte, durfte der Unglücksrabe, unser Flipper weiterfahren. Er war dann mit seinem Postauto direkt zu uns in die nahegelegene Praxis gefahren. Die Praxis lag nur einige hundert Meter von der Polizeidirektion entfernt. Ich riet ihm, seine Tour sofort zu beenden und den Vorfall seinem zuständigen Vorgesetzten zu melden. Und weiter riet ich ihm, umgehend einen Rechtsanwalt aufzusuchen. Ich hatte für ihn bei einem befreundeten Rechtsanwalt angerufen, dort hätte er sich gleich vorstellen können, was er aber nicht getan hat. Das war das letzte Mal, dass ich Flipper den Paketboten sah.

Nach Monaten erfuhr ich von meiner Angestellten, dass er sich mehreren Polizeiverhören unterziehen musste und dass es sogar zum Prozess gekommen war. Ihm wurde vorgeworfen, dass er das Ganze mit einem oder mehreren Komplizen ausgeheckt habe. Man konnte ihm aber nichts nachweisen, und das Geld blieb verschwunden. Einige Jahre waren vergangen, da las ich zufällig in einer Todesanzeige eines Wochenblattes, dass Flipper tot sei. Meine Angestellte aus dem Dorf von Flipper hatte zwischenzeitlich geheiratete und erwartete ihr zweites Kind und außerdem musste sie noch ihre kranke Mutter pflegen, deswegen hatte ich nichts mehr von unserem Paketboten gehört, und ich hatte ihn völlig aus den Augen verloren. Auf die Todesanzeige hin rief ich bei meiner Angestellten an und erfuhr etwas über das tragische Ende von Flipper. Er hatte sich von seiner Frau scheiden lassen. Nach der Scheidung gerät er auf die schiefe Ebene. Er begann zu trinken und trieb sich in zweifelhaften Lokalen herum. Er machte Schulden, sein Häuschen musste er verkaufen. Dann fiel er in eine tiefe Depression, und am Ende nahm er sich das Leben, indem er sich erhängte.

Danksagung

Das Wort Danke ist heute leider eine Selbstverständlichkeit zum Opfer gefallen. Man hört das Wort immer seltener.

Mir ist es aber ein echtes Bedürfnis, den vielen Helfern Dank zu sagen, denn ohne die geistigen Hände der Helfer wären meine Geschichten nie druckreif geworden. An erster Stelle möchte ich mich bei meiner lieben Frau bedanken, der ich oft dieselbe Geschichte in verschiedenen Versionen aufgetischt habe und die sie sich ohne Murren angehört hat.

Mein besonderer Dank gilt der Leiterin unserer Schreibwerkstatt Isabell Valentin, die wieder die Gesamtgestaltung des Buches, Buchcover und Buchinnenleben übernommen hat. Schon im Teil I hatte sie diese Arbeit übernommen und diese Aufgabe meisterlich gelöst.

Das Korrekturlesen hat wieder in alter, bewährter Manier Julia Colanesi übernommen. Besonders froh und dankbar bin ich, dass sich zwei Herren die Mühe gemacht haben, meine Geschichte sprachlich zurechtzurücken. Es sind die Herren Dr. Kurt Bohr, der Herausgeber der Kulturzeitschrift „Opus" und mein alter Freund und Konassistent, der ehemalige Leiter der Universität Hautklinik Bochum Prof. Peter Altmeyer. Beinahe hätte ich es vergessen, mich bei meiner älteren Schwester für ihre Fluchtgeschichte zu bedanken, denn ohne ihre Fluchtgeschichte wäre meine Fluchtgeschichte recht dürftig ausgefallen.

Und dann möchte ich mich noch bei Ihnen, werte Leser, bedanken, dass Sie trotz Inflation, auch auf dem Büchermarkt mein Buch gekauft haben. **Danke.**

Ingo Schindera Opa von 10 + 1